Christi Caldwell
Ein Herzog zu Weihnachten

Das Buch

Lady Cara Falcot erfüllt für ihren verhassten Vater nur einen Zweck: seinen Einfluss und seine Macht zu mehren, indem sie eine seit Jahren arrangierte Heirat mit dem Erben des Duke of Billingsley eingeht. Aus Verdruss über diese würdelose Behandlung hat sie um ihr Herz hohe Mauern errichtet und zeigt der Welt eine eisige Fassade. Als Cara aus ihrem Mädchenpensionat nach Hause zurückkehrt, muss sie vor einem Schneesturm Zuflucht in einem alten Gasthaus suchen, wo sich der einzige andere Gast nach anfänglichen Schwierigkeiten als ungeahnt charmant erweist.

William Hargrove, Marquis of Grafton, Sohn des Duke of Billingsley, stürzt sich viel lieber in Abenteuer in fernen Ländern, als sich auf seine Rolle als zukünftiger Herzog vorzubereiten. Denn dazu würde auch gehören, die Eisprinzessin zu heiraten, die seine Eltern vor Jahren für ihn ausgesucht haben. Jetzt auf dem Heimweg, um endlich seine Pflicht zu tun, zwingt ihn ein Schneesturm, in einem abgelegenen Gasthof einzukehren. Dort stößt er auf ein arrogantes junges Ding, das ihm bald gehörig den Kopf verdreht.

Während Cara und William nach und nach klar wird, wie sehr der erste Eindruck täuschen kann, und sie sich einander öffnen, spüren sie allmählich, wie die Weihnachtszeit ihren Zauber um sie webt ...

Die Autorin

USA-Today-Bestsellerautorin Christi Caldwell entdeckte die Welt der historischen Liebesromane durch Judith McNaughts »Sturm der Leidenschaft«. Eines Tages saß sie in ihrem Apartment an der University of Connecticut und beschloss, ihre Skripte beiseitezulegen, ihren Laptop zu holen und sich selbst an einem Roman zu versuchen. Sie glaubt fest daran, dass die besten Helden und Heldinnen die mit Fehlern sind, und sie genießt es sehr, sie ein wenig zu quälen, bevor sie sie mit einem wohlverdienten Happy End belohnt.

Christi Caldwell

Ein Herzog zu Weihnachten

Roman

Aus dem Amerikanischen
von Lily Adrian

Die amerikanische Ausgabe erschien 2015 unter dem Titel »To Wed His Christmas Lady« im Selbstverlag.

Deutsche Erstveröffentlichung bei
Montlake Romance, Amazon Media EU S.à r.l.
5 Rue Plaetis, L-2338, Luxembourg
Oktober 2018
Copyright © der Originalausgabe 2015
By Christi Caldwell
All rights reserved.
Copyright © der deutschsprachigen Ausgabe 2018
By Lily Adrian

Die Übersetzung dieses Buches wurde durch AmazonCrossing ermöglicht.

Umschlaggestaltung: bürosüd⁰ München, www.buerosued.de
Umschlagmotiv: © Richard Jenkins Photography / © Maryna Stamatova / Shutterstock; © PHB.cz (Richard Semik) / Shutterstock; © suwatsilp sooksang / Shutterstock; © Cranach / Shutterstock; © NeMaria / Shutterstock
Lektorat: Agentur Libelli GmbH
Gedruckt durch:
Amazon Distribution GmbH, Amazonstraße 1, 04347 Leipzig /
Canon Deutschland Business Services GmbH, Ferdinand-Jühlke-Str. 7, 99095 Erfurt /
CPI books GmbH, Birkstraße 10, 25917 Leck

ISBN: 978-2-919-80582-2

www.montlake-romance.de

KAPITEL 1

William James Alexander Winchester Hargrove, ich wünsche Dich zu Weihnachten hier zu Hause zu sehen! Deine Mutter und ich (aber besonders Deine Mutter) haben Erwartungen an Dich.

Postskriptum:
Deine Mutter legt Wert darauf, dass Dir unmissverständlich mitgeteilt wird, wir rechnen mit Deiner Ankunft hier vor Heiligabend.
    Dein Vater

Kurz vor Farnham, England, Dezember 1817

William Hargrove, der Marquis of Grafton, hätte eigentlich schon früh in seinem Leben gelernt haben sollen, bei Tauschgeschäften mit seinem Vater, dem Duke of Billingsley, misstrauisch zu sein.

Als er sechs Jahre alt gewesen war, hatte ihm sein Vater einen von den köstlichen Shrewsbury-Keksen der Köchin hingehalten und dafür Williams geliebte Spielzeugsoldaten verlangt. Mit der Impulsivität eines kleinen Jungen hatte ihm William jede einzelne Spielfigur überreicht, vom Colonel bis zum Captain. Erst später, als seine Wangen und Lippen von Zuckerkristallen bedeckt und auch die letzten Krümel der Süßigkeit verzehrt waren und die große Hand seines Vaters leer blieb, hatte er zum ersten Mal verstanden, dass man bei Vaters Geschäften immer den Kürzeren zog. William hatte sein Spielzeug für einen Keks hergegeben. Es war ein dauerhafter Verlust im Austausch für ein sehr flüchtiges Vergnügen gewesen.

Das Spielzeugsoldatengeschäft war der erste Handel gewesen, auf den sich William mit dem gewieften Herzog eingelassen hatte. Der, den er als junger Mann von achtzehn Jahren abgeschlossen hatte, war der letzte gewesen. Das Problem dabei, ein Versprechen abzugeben, wenn man gerade erst achtzehn war, bestand darin, dass einem Jahre wie Ewigkeiten vorkamen und die Zeit endlos erschien. Bei dem Gedanken entfuhr ihm ein wüster Fluch. Denn jetzt war ihm die Zeit ausgegangen.

Während um ihn herum weiter der Schnee fiel, lehnte sich William gegen die mächtige Eiche und überflog erneut den Inhalt des Briefs seines Vaters. Die Nachricht hätte nicht klarer sein können, wenn dort schwarz auf weiß gestanden hätte: *Deine Reisen sind vorbei. Es ist an der Zeit, Dich Deinen Verpflichtungen zu stellen.* Sein Magen zog sich zusammen. Denn das letzte Geschäft, auf das er sich eingelassen hatte, würde sich als das endgültigste in Bezug auf das erweisen, was er als Gegenleistung für acht wie im Flug vergangene Jahre aufgegeben hatte – seine Freiheit.

In Person war der Herzog genauso überwältigend wie in seinem Brief, obwohl er eigentlich überhaupt nicht den strengen gesellschaftlichen Erwartungen an einen Adeligen seines Ranges entsprach. Williams erste Erinnerungen an seinen Vater beinhalteten sein dröhnendes Lachen, während er mit William auf seinen Schultern durch den gesamten Ballsaal gelaufen war.

Doch trotz dieser Herzlichkeit und Zuneigung war sein Vater ein Herzog in jedem Sinn des Wortes. Und für ihn als solchen gab es und hatte es immer die Erwartung gegeben, dass William die Verpflichtung der Familie gegenüber erfüllen würde, wie es sein liebender Vater geplant hatte.

Als junger Mann von achtzehn hatte er im Austausch für das Versprechen, bei seiner Rückkehr die verwöhnte und kaltherzige Tochter des Duke of Ravenscourt zu heiraten, von seinem Vater acht Jahre Freiheit erhalten. Die Freiheit, zu reisen. Zu forschen. Und zu kommen und zu gehen, als würde nicht eines Tages das Herzogtum an ihn fallen.

Warum hatte er nicht auf mehr Zeit bestanden? Seine Lippen zuckten verbittert. Aber andererseits, auch eine Handvoll mehr Jahre wäre nicht genug gewesen. Und seine Wünsche hatten rein gar nichts mit der Wanderlust zu tun, die ihn in seiner Jugend befallen hatte. Nach der langen Abwesenheit hatte die Aussicht, nach England und zu seiner Familie zurückzukehren, an sich etwas sehr Verlockendes gehabt. Oder hätte das haben sollen.

Doch nicht jetzt. Nicht, wenn er an die grimmige Zukunft erinnert wurde, die ihn dort erwartete. Wegen der Unausweichlichkeit dessen, was von allen Adeligen erwartet wurde, ging es ihm gar nicht darum, dass er seine Freiheit aufgeben musste – sondern vielmehr darum, für wen er sie aufgab. Schließlich war die Frau, an die seine Eltern William binden wollten, eisiger als der Schnee, der jetzt auf seiner Haut landete und schmolz. Und während solche Verbindungen mit gefühllosen Damen in der guten Gesellschaft an der Tagesordnung waren, bewies die Ehe seiner eigenen Eltern, dass es sehr wohl mehr geben konnte – Liebe, Wärme und Zuneigung.

William ballte die Hände zu Fäusten, sodass der Brief in seinen Fingern in der winterlichen Stille hörbar knisterte. Sein Pferd Thunder, das locker an einen Baum gebunden neben ihm stand, hob den Kopf, zuckte mit den Ohren und begann nervös zu tänzeln. »Ruhig«, besänftigte er den Hengst und tätschelte ihm den Hals.

Er richtete seine Aufmerksamkeit wieder in die Weite und starrte zu dem fernen grauweißen Horizont. Er senkte den Blick auf die schneebedeckte Straße, die ihn unweigerlich heimführen würde.

Er biss die Zähne zusammen, hasste sein närrisches jüngeres Ich, das jede Hoffnung auf eine Ehe, die auf mehr basierte als auf einer unpersönlichen, gefühllosen Abmachung zwischen zwei mächtigen Familien, einfach so aufgegeben hatte.

Ein Windstoß trieb ihm die stetig fallenden Schneeflocken in die Augen. Widerwillen ballte sich in seinem Inneren zusammen. Es war für ihn an der Zeit, zu heiraten. Mit einem Fluch, bei dem seine Mutter errötet wäre, zerknüllte er den Brief zu einem Papierball und warf ihn in den Wind.

Der aufkommende Sturm packte die unwillkommene Order und trug sie in die Höhe. William verfolgte unbewegt, wie sie zur Erde fiel und wieder hochgewirbelt wurde, immer weiter und weiter, bis sie kaum noch zu sehen war.

Wenn ich doch nur das Gleiche tun könnte.

Das war bloß leider unmöglich. Jahrelang war er gereist, hatte sich von der Welt ferngehalten, in der er eines Tages in den ehrwürdigen Rang eines Herzogs aufsteigen würde. Natürlich hatte er sich auch von *ihr* ferngehalten.

»Lady Clarisse Falcot.« Bei dem Namen verzog er verächtlich die Lippen. Diese ach so anständige, züchtige junge Dame, mit der ihn seine Eltern verheiraten wollten. Sein Vater hatte natürlich gewusst, welchen Köder er seinem Sohn hinhalten musste, um ihn in Versuchung zu führen – die Möglichkeit, zu reisen.

Der Drang, auf dem Absatz kehrtzumachen, sich in Thunders Sattel zu schwingen und in die entgegengesetzte

Richtung davonzureiten, wurde nahezu übermächtig. Einen Moment gestattete er sich, bei diesem verführerischen Gedanken zu verweilen, doch dann schob er ihn beiseite. Er war ein Mann, der zu seinem Wort stand. Aber warum vermochte ihn das nicht zu trösten?

Er ließ den Blick über die mit einer dünnen Schneeschicht bedeckte Landschaft schweifen und fand das Papierknäuel, das über den weiß bestäubten Acker wirbelte. Immer wieder erfasste der Wind es und trug es weiter weg. Nur konnte den Brief wegzuwerfen den Schwur nicht zurücknehmen, der ihn letzten Endes an das schreckliche Weibsbild binden würde, das er bedauerlicherweise seit Kinderzeiten kannte.

Nachdem er die Gedanken an sie die ganze Zeit wirkungsvoll unterdrückt hatte, ließ er es zu, dass die Erinnerungen an sie zurückkamen. Er kannte die Patentochter seiner Mutter – Lady Clarisse Falcot – von klein auf, seit sie auf der Welt war und seit er selbst ein zehnjähriger Knabe gewesen war. Er hatte den Moment, in dem er begriffen hatte, dass Clarisse trotz der eindeutigen Erwartungen seines Vaters auf keinen Fall die Frau war, die er jemals heiraten wollte, noch genau vor Augen.

Bei einem Besuch auf dem Landsitz ihrer Familie hatte er das Foyer betreten. Sie war ein kleines Mädchen gewesen, hatte aber die Bediensteten bereits vor sich aufmarschieren lassen. Mit einer Stimme, die besser zu Wellington mitten in einer Schlacht gepasst hätte, hatte sie sie auf die Suche nach irgendwelchem Krimskrams oder Tand geschickt. Er hatte wie erstarrt auf der Schwelle des Herrenhauses gestanden, zusammen mit seiner Familie, und eine Kälte hatte sich in ihm ausgebreitet, die es mit dem gegenwärtigen Schneesturm durchaus hätte aufnehmen können. *Das ist das Mädchen, mit dem mich mein Vater eines Tages verheiraten will?*

Ihre Blicke waren sich begegnet, und sie hatte ihn aus schmalen Augen verärgert angefunkelt. Und er hatte sie vom ersten Moment an gehasst. Gefühllos, eisig und grob zu den Dienstboten. Sie mochte ungefähr zehn Jahre alt gewesen sein und war bereits das Sinnbild der eingebildeten Adelsdame gewesen. Sein Vater hatte William von Anfang an eingeschärft, dass sich der Wert eines Menschen nicht nach seinem Geburtsrecht bemaß, sondern nach seinem Sinn für Gerechtigkeit und der Kraft seiner Überzeugungen. Dennoch wollte er William an diese kaltherzige englische Miss ketten, die Bedienstete behandelte, als wären sie ihre Leibeigenen.

Ein weiterer Windstoß wehte ihm den stetig fallenden Schnee ins Gesicht, und die eisigen Flocken schmerzten auf seinen Wangen. Er begab sich zu seinem Pferd und löste Thunders Zügel von der Eiche, bevor er sich in den Sattel schwang und den Hengst antrieb, weiter zum Familiensitz in Farnham. In dem immer heftiger wirbelnden Schneegestöber fiel es ihm zunehmend schwerer, irgendetwas zu erkennen.

Er lenkte sein Pferd vorwärts, entlang der alten römischen Landstraße. Wegen der schlechten Sicht ließ er Thunder im Schritt gehen, achtete auf die Sturmböen, die trügerische Schneeverwehungen entstehen ließen.

Es war natürlich unausweichlich gewesen. Lady Clarisse konnte nicht immer ein Mädchen bleiben. Und den Gerüchten nach, die er gehört hatte, bevor er seine Heimreise von London aus angetreten hatte, war sie zu einer zickigen, übellaunigen älteren Version des kleinen Mädchens herangewachsen, das er gekannt hatte.

Er zog an den Zügeln und starrte über die öde Landschaft, die der Pinsel der Elemente weiß bemalt hatte. Während seine Gedanken durcheinanderwirbelten, blickte William auf den Weg zu dem Anwesen seiner Familie, die genau jetzt auf seine Ankunft wartete. Thunder tänzelte unter ihm, während er an der Gabelung der beiden Straßen stand und nachdachte. Auf der einen ging es nach Hause. Auf der anderen zu einem

Wirtshaus, das nicht weit entfernt lag und ihm Schutz vor dem Schneesturm bieten würde. Und eine Gnadenfrist – so kurz sie auch sein mochte –, bis er sich seinem Schicksal stellen musste.

William nahm seinen Hut ab und schüttelte die Schneeflocken von der Krempe. Dann setzte er ihn rasch wieder auf und zog ihn tief in die Stirn, um seine Augen zu schützen. Ja, er musste heimkehren. Aber seine Familie konnte nicht erwarten, dass er mitten in einem immer heftiger werdenden Blizzard sein Leben aufs Spiel setzte, selbst wenn es bis Weihnachten nur noch ein paar Tage waren.

Er warf einen zögernden Blick die Straße entlang in Richtung Farnham, seiner Familie und seiner Zukunft. Dann fällte er seine Entscheidung und trieb Thunder mit leichtem Schenkeldruck auf die Straße zum Fox & Hare Inn. Seine Gewissensbisse schob er beiseite. Es würde auch nach dem Schneesturm mehr als genug Zeit bleiben für die Wiedervereinigung mit seiner Familie.

* * *

Kurze Zeit später saß William vor dem einfachen Wirtshaus ab. Der Wind rüttelte an dem großen hölzernen Schild und pfiff um die Ecken des Gebäudes. William griff die Zügel seines Pferdes und führte es zu den Ställen. Mit jedem Schritt versanken seine Stiefel bis zu den Knöcheln in der mehrere Zentimeter hohen Schneedecke. Er blieb vor der Stalltür stehen und klopfte an.

Dahinter war nichts zu hören. Mit gerunzelter Stirn schaute er sich um, klopfte erneut, diesmal allerdings kräftiger. Die Tür wurde geöffnet, und ein Mann, der mindestens einen Fuß kleiner als William mit seinen knapp eins neunzig war, spähte ihn durch dicke Brillengläser an. »Brauchen Sie irgendetwas?«

Der Schneesturm tobte heftiger. »Ich suche nach einem Unterstand für mein Pferd, bis das Wetter sich bessert.« Oder für immer, das sollte ihm auch recht sein, wenn das hieß, dass er die Verpflichtung, die er all die Jahre aufgeschoben hatte, einfach vergessen konnte.

Der Pferdeknecht nahm die Zügel und führte Thunder ins Innere des Stalls.

»Dan...« Der alte Mann knallte William die Stalltür vor der Nase zu. »...ke«, beendete er seine Erwiderung trocken, zog den Kopf ein, um sein Gesicht vor den zu kleinen Eiskugeln gefrorenen Schneeflocken zu schützen, die ihm mittlerweile entgegenwehten, und begab sich zur Vorderseite des Hauses.

Andere Gentlemen würden sich daran stören, mit solcher Missachtung behandelt zu werden. William grinste nur. Für ihn hatte es immer etwas Befreiendes gehabt, unbehindert von einem Titel oder einer langen Ahnenreihe durch die Lande zu reisen. Für die Welt im Allgemeinen war er schlicht William gewesen.

Er erreichte die Vordertür des Gebäudes, an dem er schon oft zuvor vorbeigeritten war, und drückte sie auf. Er trat ein und blinzelte mehrere Male in dem Versuch, den schwach erleuchteten Raum besser erkennen zu können. Von seinen Stiefeln lief Wasser auf die bereits fleckenübersäten Holzdielen, während er hinter sich wieder zumachte. Die Stille im Gasthaus war nach dem Tosen des Sturmes draußen überraschend. Bis auf das Zischen und Knistern des Feuers im Kamin war nichts zu hören. Er ließ seinen Blick durch die düstere Gaststube wandern.

Aus einer Ecke zerriss ein lautes Schnarchen die Stille. Ein Mann hockte am Ecktisch ganz hinten, den weißhaarigen Kopf in die Hände gestützt.

Schnelle Schritte erklangen, lenkten Williams Aufmerksamkeit auf eine alte Frau, die die Treppe herunterkam. »Es ist jemand hier, Martin«, rief sie.

Der weißhaarige Mann schrak hoch. »Was?« Er blickte sich verwirrt um. »Wer?«

Die alte Frau blieb am Fuß der Treppe stehen und musterte William, während der seinen einfachen Mantel ablegte. Sie betrachtete ihn von Kopf bis Fuß, bemerkte seine groben Kleider, die besser zu einem Mann passten, der mit seinen Händen arbeitete, als zu dem Erben eines Herzogtums, und ihre Mundwinkel bogen sich nach unten. »Wir haben einen Gast«, erklärte sie und kam dann zu ihm, um ihm das Kleidungsstück abzunehmen.

Mit einem leisen Dankeswort reichte er es ihr und ließ die Schultern kreisen, um die vom langen Tag im Sattel verspannten Muskeln zu lockern. »Ich brauche ein Zimmer. Haben Sie welche frei?«

Der Mann, den er für den Wirt und zudem für den Ehemann der alten Frau hielt, schnaubte verächtlich. »Alle unsere drei Zimmer sind über die Weihnachtstage frei.« William konnte beinahe sehen, wie sich die Räder im Kopf des Alten zu drehen begannen, als er im Geiste überschlug, wie viel Geld ihm dieser Gast wohl einbringen würde. »Wollen Sie über Nacht bleiben?«

Draußen tobte der Sturm, ließ das Gebäude erzittern, Eiskörner und Schneeflocken prasselten gegen die alten Fensterscheiben. »Ich bleibe, bis der Sturm vorüber ist.« Wobei ihm bei der Alternative, nach Farnham heimzukehren, das einfache, kalte und dankenswerterweise leere Gasthaus auch als dauerhafte Wohnstatt nicht zu verachten schien.

Kapitel 2

Ihre Kutsche kam nicht.

Irgendwann zwischen der Abfahrt der ersten Kutsche und der der siebten hatte Lady Clarisse Falcot, Tochter des Duke of Ravenscourt, sich damit abgefunden.

Während sie hier in der Ecke ihrer Räume in Mrs Beldens Mädchenpensionat stand und auf die achte Kutsche hinunterschaute, die gerade losrollte, gestand sie sich allerdings ein, dass man sich nicht gut damit abfinden konnte, vergessen worden zu sein – zudem zur Weihnachtszeit –, und auch noch vom eigenen Vater.

In der Fensterscheibe, die teilweise mit Eisblumen überzogen war, sah sie das bittere Lächeln, das um ihre Lippen spielte. Sie fasste ihren geliebten Herzanhänger fester, sodass der Rubin in der Mitte sich schmerzhaft in ihre Handfläche presste.

Welchen Zweck erfüllte sie für den Mann, der mehr Fremder als Vater war, außer ihm dabei zu helfen, seinen Einfluss und Reichtum zu mehren? Diese letzte Demütigung war nur eine weitere Erinnerung daran, dass sie für den Herzog ansonsten nicht den geringsten Wert besaß.

Ein Mädchen nützt mir nichts ... Die einzige Verwendung, die ich für sie habe, ist die als Gattin von Billingsleys Sohn ... wenn er sich denn jemals dazu aufraffen kann, sein Weltenbummeln aufzugeben ...

Ihr war, als hallten die Wände ihres Zimmers hier bei Mrs Belden von dem dröhnenden Gelächter in ihrem Kopf wider.

Leise Schritte vom Eingang des Zimmers her lenkten ihre Aufmerksamkeit von der Bleiglasscheibe zu ihrer Zofe Alison, die gerade hereinkam. Sie fing Caras Blick auf und errötete. »Mylady«, murmelte sie. Vermutete die junge Frau, dass ihre Herrin vergessen worden war? Mitgefühl schimmerte in ihren Augen. »Ich bin sicher, die Kutsche wird gleich eintreffen.«

Cara hätte darauf am liebsten mit einer beißenden Bemerkung über diese Unverschämtheit geantwortet. Doch ihre Wangen wurden vor Scham ganz heiß, während Alison sich anschickte, die letzte Reisetruhe zu packen. Sie eilte durch das Zimmer, gab sich Mühe, Cara nicht anzuschauen. Ihre Verlegenheit war beinah schmerzlich spürbar, und Caras Kehle schnürte sich zusammen. Dieser Strudel aus Empfindungen und Gefühlen raubte ihr schier die Fähigkeit, zu atmen, und war mehr als peinlich.

Schmerz.

Cara richtete ihre Aufmerksamkeit wieder zurück aufs Fenster, während sich ihre Gedanken um das eine Wort drehten. Sie ballte die Hände zu Fäusten. Der Anhänger grub sich in ihre Handfläche, und sie freute sich über die Ablenkung, die das Unbehagen ihr bot. Jahrelang hatte sie Festungswälle um sich errichtet, um sich vor dem Schmerz zu schützen. Sie hasste das Gefühl so sehr, wie sie den Mann hasste, der ihr Vater war.

Schmerz war eine Empfindung, die sie auf Weisen geschwächt hatte, die sie leid war. Sie wollte nicht länger schwach sein. Das trug einem nur Mitleid von der Dienerschaft und schnippische Bemerkungen von den Mädchen ein, die mit einem die Schule besuchten. Ja, kalt und gleichgültig zu sein war der schneidenden Qual bei Weitem vorzuziehen, die damit einherging, sich vor jemand anderem bloßzustellen und verletzlich zu machen.

Doch war es möglich, wenn sie hier stand, während der Wind draußen heulte, nicht am Boden zerstört zu sein, weil der eigene Vater vergessen hatte, die Kutsche zu schicken, die sie zur Weihnachtszeit abholen sollte?

Ja, sie war als Mädchen unsichtbar für ihn gewesen. Er hatte als einflussreicher Herzog wenig Verwendung für eine Tochter – bis auf ihre Heirat und das, was sie ihm damit einbrachte. Jetzt, als Frau von achtzehn, konnte sie diesen Zweck endlich erfüllen – sie ermöglichte eine vorteilhafte Beziehung mit einer weiteren Herzogsfamilie.

Doch selbst als die Schachfigur, zu der die von Macht besessene Gesellschaft sie gemacht hatte, war Cara für ihren Vater immer noch wertlos. Vor Langem schon hatte sie sich damit abgefunden.

Aber tief in ihrem Inneren, dort, wo immer noch Hoffnung wohnte, träumte sie von einem Mann, der sie lieben würde. Einem Mann, der freundlich und kühn und stark war, der hinter das Eis auf der Oberfläche schauen konnte und darunter eine Seele erkennen würde, die es verdiente, geliebt zu werden. Und dieser Mann würde es wert sein, dass sie dafür jeden zukünftigen Herzog sitzen ließ. Und zum Teufel mit der Missbilligung ihres Vaters und vor ewigen Zeiten unterschriebenen Verträgen.

Das heutige Versehen ihres Vaters führte ihr nur die absolute Narrheit solcher stillen Sehnsüchte vor Augen. Nichtsdestotrotz zog sich ihr Herz schmerzlich zusammen, und sie rieb sich mit der Hand die Stelle, um den Druck zu lindern. Der Rubin der Halskette ihrer Mutter bohrte sich durch den Stoff ihres Kleides.

»Wenn ich traurig bin, Mylady ...«

»Ich bin nicht traurig«, erklärte sie knapp. Aber warum fühlte es sich dann so an, als würde sie sie beide anlügen? Cara schob solch törichte Gedanken energisch beiseite. Es brachte nichts, über das Desinteresse ihres Vaters zu lamentieren. Bedauern und Schmerz ersetzten keine Zuneigung.

»Hier«, sie streckte der Zofe die Kette hin – ihre letzte Verbindung zu ihrer Mutter. Was nützte es schon, sich an das kalte Metall aus der Vergangenheit zu klammern? Dieses viel zu kurze Zwischenspiel der Liebe hatte nur bewiesen, wie flüchtig und unmöglich es in Wahrheit war. »Steck es ganz unten in meine Truhe.« Sie brauchte kein Andenken an etwas, was vor so langer Zeit gewesen war. Nicht am heutigen Tag.

Verwunderung zeigte sich in der Miene der Zofe. »Sie trennen sich nie von dieser Kette, Mylady.«

Nein, das tat sie nicht. Cara senkte den Blick auf den beschädigten Verschluss des Schmuckstücks, das einmal den Hals ihrer Mutter geziert hatte. Unfähig, irgendetwas zu sagen, schüttelte sie die Kette einmal, und Alison eilte herbei und machte dabei ein Geräusch wie ein umherlaufendes Huhn. Das Mädchen griff danach, um sie ihr abzunehmen. »Ach, wie traurig«, bemerkte sie. »Es war so eine schöne Halskette.«

Der zehnkarätige Rubin und das feine italienische Gold bedeuteten Cara nichts. Die Erinnerung hingegen, wie ihre Mutter es ihr in die kleine Hand gedrückt hatte, war viel kostbarer als jeder materielle Wert. »Geh trotzdem vorsichtig damit um«, bemerkte sie knapp und deutete mit dem Kinn auf das Herz.

Alison blinzelte mehrmals heftig, schniefte, und dann trat ein breites Lächeln auf ihre Lippen. »Oh, natürlich.« Sie eilte hinüber zum Bett und packte das geliebte Schmuckstück vorsichtig ein.

Es lag Cara schon auf der Zunge, das Herz zurückzuverlangen, aber dann presste sie die Lippen zu einer festen Linie zusammen, um bloß keine Schwäche zu verraten.

»Man muss immer Sachen finden, über die man sich freuen kann.« Ihre Zofe schwatzte wie eine Elster, was bedauerlicherweise oft der Fall war. »Es gab Cranberry-Scones zum Frühstück.«

So angesehen das Mädchenpensionat von Mrs Belden auch war, man konnte wirklich nicht behaupten, dass die Rektorin eine besonders gute Köchin beschäftigte. »Sie waren trockener als ein Sack Mehl.«

Alisons Lachen füllte die Luft, während sie vom Schrank zur offenen Truhe am Fuß des Bettes eilte. Cara schnitt eine Grimasse, während die Zofe sich bei ihrer Arbeit endlos über die Beschaffenheit der Cranberrys und die Qualität ihres Frühstücks im Allgemeinen ausließ.

Cara hatte, als Alison ihre Pflichten als Zofe angetreten und sie angelächelt hatte, sofort beschlossen, sie schnellstmöglich wieder zu entlassen. Man lächelte sie nicht an. Und man sprach sie auch nicht an. Alison aber hatte ohne Punkt und Komma geredet und Cara damit schier in den Wahnsinn getrieben.

Je mehr sie ihr allerdings zugehört hatte, desto verwunderter hatte sie festgestellt, dass es durchaus tröstlich war, die Stimme eines anderen zu hören. Auch wenn sie eher den furchtbaren, arroganten zukünftigen Herzog heiraten würde, den ihr Vater für sie ausgesucht hatte, lächelnd »Ja, ich will« sagen, als das zuzugeben.

Ein erstauntes Lachen kam ihr über die Lippen, und Alison warf ihr einen verwunderten Blick zu. Cara brachte schnell ihre Züge unter Kontrolle und kaschierte den Laut mit einem

Hüsteln. Alison packte weiter und summte dabei die ganze Zeit vor sich hin.

Ja, obwohl Cara darauf achtete, das Mädchen nur ja nicht zu ermutigen, brachte es dennoch einen merkwürdigen Trost mit sich, mit jemandem zusammen im Zimmer zu sein, der einen ansprach und *mit* einem redete – nicht *über* einen.

»Und dann waren da Brötchen«, fuhr die wohlgerundete junge Frau fort und drückte sich eines von Caras Seidenkleidern an die Brust, wovon das Abendkleid ein paar zusätzliche Knitterfalten abbekam. »Oh, die Brötchen. Hatschi!«

Cara schaute wieder durchs Fenster nach draußen. »Es muss ein armseliges Leben sein, wenn du dich so für Brötchen und Scones begeistern kannst«, erwiderte sie, unfähig, die Bitterkeit aus ihrer Stimme herauszuhalten. Denn wirklich, welche Freude gab es schon? Für jemanden wie sie kaum eine, nicht in den unterkühlten Familien, in die Adelige hineingeboren wurden.

»Oh, aber sicherlich finden Sie doch auch, dass es ein schöner Tag ist?«

Cara blickte hinaus zu dem trüben grauweißen Himmel. Ein schöner Tag? Hatte das Mädchen den Verstand verloren? Ihre Herrin war einfach so an Weihnachten von ihrem einzigen überlebenden Elternteil vergessen worden. Nicht dass es in irgendeiner Weise darauf ankam, ob es die Weihnachtsfeiertage waren oder nicht. Die ganze aufgesetzte festliche Stimmung war ihr ohnehin ein Gräuel. Es war eine Zeit, in der alle so taten, als wären sie glücklich und freundlich und ganz anders, als sie in Wahrheit waren.

»Ich denke, es werden wunderschöne Feiertage.« Ihre Zofe wischte sich mit einem Tuch über die Nase und steckte es dann rasch wieder in die Vordertasche ihrer Schürze.

Worauf stützte das Mädchen seine falsche Einschätzung? Welche Freude kannte sie schon als Zofe in Diensten des Duke of Ravenscourt, als jemand, der für Cara arbeiten musste?

»Der Himmel ist grau, ohne das geringste Anzeichen von Sonnenschein«, stellte sie fest, hasste es, dass sie das Mädchen damit nur ermutigte, allerdings lenkte es sie wenigstens von ihrem eigenen Unglück ab.

»Ach, aber es riecht nach Schnee.« Dann, als könne sie mit ihrer verstopften Nase tatsächlich irgendetwas anderes wahrnehmen als die abgestandene Luft in dem düsteren Zimmer, breitete das Mädchen die Arme aus und atmete tief ein. Die Wirkung dieser großen Geste verdarb sie jedoch sogleich durch ein heftiges Niesen.

Es klopfte, und Alison eilte hin, um zu öffnen. Cara verachtete sich für die aufflammende Hoffnung, ärgerte sich, dass sie sich trotz allem nach der Liebe ihres Vaters sehnte. Als ihre Zofe die Tür öffnete, stand davor eine von Mrs Beldens Lehrerinnen, treffenderweise gemeinhin als »Drachen« betitelt. Die Frau blieb auf dem Flur und flüsterte dem Mädchen etwas zu. Cara schaute weiter aus dem Fenster, schenkte dem Austausch keinerlei Beachtung. Die ganze Zeit prickelte die Haut in ihrem Nacken unter der Verlegenheit, die der offensichtliche Grund für die Störung war.

Ganz hinten am Ende der Kiesauffahrt war eine schwarze Kutsche zu erkennen, die zum Eingang der Lehranstalt für höhere Töchter unterwegs war. Caras Herz machte einen komischen kleinen Satz. Mit wachsender Hoffnung presste sie ihr Gesicht an die Fensterscheibe und kniff die Augen zusammen. Junge Damen taten das eigentlich nicht, und sie zeigten auch ganz bestimmt weder Begeisterung noch überhaupt irgendeinen Hinweis auf eine Empfindung. Aber im Moment hätte ihr angemessen damenhaftes Verhalten nicht gleichgültiger sein können.

Ein Ausruf, Ausdruck einer Hoffnung, zu der sie sich gar nicht mehr für fähig gehalten hätte, steckte ihr in der Kehle. Denn es kam in der Tat langsam eine schwarze Kutsche zum Haus gefahren, und dieses schwarze Gefährt bewies, dass sie eben *nicht* vergessen worden war. Sie wischte mit einer Hand über die vereiste Scheibe, spürte die Kälte unter ihrer bloßen Hand. Ohne sich um das leichte Brennen zu kümmern, betrachtete sie den eleganten schwarzen Landauer, während er vor der Schule anhielt.

Eine merkwürdige Leere breitete sich in ihr aus. Sie starrte, ohne zu blinzeln, auf das Wappen – das Wappen des Vaters einer anderen Schülerin. Eines Vaters, der seine Tochter zwar höchstwahrscheinlich nicht liebte, denn keiner dieser selbstsüchtigen, aufgeblasenen Adeligen, die die Welt beherrschen, tat das, doch immerhin ein Vater, der sie zu Weihnachten nicht vergessen hatte.

Alison räusperte sich. Cara setzte eine unbeteiligte Miene auf und drehte sich um. »Was ist?« Ihr scharfer Tonfall verbarg, dass sie viel zu dicht davor stand, in Tränen auszubrechen, und wenn sie erst einmal damit anfing, würde sie am Ende ein schluchzendes Häuflein Elend sein.

Das sonst so sonnige Lächeln des Mädchens verrutschte. »Mrs Belden bittet Sie, in ihr Büro zu kommen, Mylady.«

Cara ballte die Hände zu festen Fäusten. Die Einbestellung. Sie warf einen weiteren Blick aus dem Fenster und starrte auf die Spuren, die ihre Finger auf der vereisten Scheibe hinterlassen hatten. Durch die Lücke im Eis konnte sie sehen, dass es zu schneien begonnen hatte.

Zeig mir, dass ich mich irre. Komm jetzt. Ich verlange es.

Irgendwo in ihr, wo noch Hoffnung schlummerte, versuchte Cara mit schierer Willenskraft eine weitere Kutsche auf die Auffahrt zu holen. Doch genauso wie damals, als sie als siebenjähriges Mädchen vergeblich versucht hatte, ihre Mutter dazu zu bringen, noch einmal zu atmen, passierte auch diesmal nichts, egal wie lange sie starrte oder wie sehr sie es sich wünschte.

»Mylady?«

Es war die mitfühlende Sanftheit, die sie aus ihrer Erstarrung löste. »Beeil dich mit dem Rest meiner Sachen«, zwang sie über ihre Lippen, bevor sie auf dem Absatz kehrtmachte und aus dem Zimmer marschierte. Wobei es natürlich wirklich schwer war, das Gesicht zu wahren, wenn man seiner Zofe befahl zu packen, obwohl man nirgendwohin konnte.

Cara ging durch die stillen, nun leeren Korridore dieses Gebäudes, das nicht mehr ein Zuhause war als die stillen, leeren Räume auf irgendeinem der prächtigen Landsitze ihres Vaters. Das hier war genau wie die eleganten Stadthäuser und die Herrenhäuser ihres Vaters nicht mehr als ein Ort mit einem Dach und einer bestimmten Zahl von Wänden und Fenstern und Türen. Es gab keine Wärme hier.

Obwohl es vor langer, langer Zeit einen Ort gegeben hatte, den sie als ihr Heim betrachtet hatte.

Vater sagt doch, du sollst mich Clarisse nennen ...

Ach, dein Vater hat darauf bestanden, dass du Clarisse getauft wirst. Aber ich bin deine Mutter, und du wirst immer Cara mia *für mich sein ...*

Cara blieb jäh stehen, hatte gerade Mrs Beldens Büro erreicht, als die viele Jahre vergrabene Erinnerung hochkam. In den elf Jahren, die ihre Mutter nun schon tot war, hatte sie sich nicht gestattet, an sie zu denken. Denn dann überkam sie nur allzu schmerzlich, was es bedeutet hatte, zu lachen und zu lächeln und glücklich zu sein. Sie kniff die Augen zu und drängte alle Erinnerungen an den letzten Menschen zurück, der sie geliebt hatte – und zwar nicht wegen dem, was sie tun konnte oder ihm einbringen könnte, sondern einfach um ihrer selbst willen.

»Aber ich verabscheue sie.«

Dieser fast schon flehende Einwand drang durch Mrs Beldens geschlossene Bürotür und platzte in Caras Gedanken. Sie riss die Augen auf und starrte auf das Holz vor sich, hinter dem die Rektorin gerade jetzt mit Lady Nora sprach. Lady Nora Turner, die Tochter des Earl of Derby und eine von Caras Intimfeindinnen hier in der Schule. Wobei es in Wahrheit eher unentschieden stand bei der Frage, wer von den zehn anderen Mädchen, die das Pech hatten, von ihren Familien hergeschickt worden zu sein, Anspruch auf die Spitzenposition in dieser Gruppe hatte.

»Alle hier verabscheuen sie«, stellte die Schulleiterin nüchtern fest. Sie klopfte zur Bekräftigung einmal mit ihrem Gehstock auf den Boden. »Sie ist nun mal die Tochter eines Herzogs, und als solcher zollen wir ihr Respekt.«

»Ich respektiere sie nicht«, hielt die lebhafte junge Frau dagegen. »Ich hasse sie.«

Die Muskeln in Caras Magen verknoteten sich bei dieser Erklärung. Natürlich hasste Nora sie. Alle hassten sie. Von den Schülerinnen bis zu den Dienstboten hier und im Haus ihres Vaters. Sie runzelte die Stirn. Höchstens mit Ausnahme der unbelehrbaren, immer fröhlichen Alison.

Cara presste die Lippen zusammen. Das war alles gut und schön. Sie hatte ohnehin nichts für diese Mädchen mit ihrem so albernen wie nervtötenden Gekicher übrig. Sie schienen samt und sonders zahllose Gründe zu haben, glücklich zu sein. Alle, nur sie selbst nicht.

»Erwarten Sie tatsächlich, dass Ihr Vater es gutheißen würde, dass die Tochter des Duke of Ravenscourt zurückbleiben muss, bloß weil Sie eine persönliche Abneigung gegen sie hegen?«

»Ich habe nicht gesagt, dass ich eine Abneigung gegen sie hege. Ich sagte, ich hasse sie.«

Wenn sie die andere junge Frau nicht so wenig leiden könnte, hätte sie sie bewundert, weil sie genug Mumm besaß, der strengen Schulleiterin die Stirn zu bieten.

»Sie kann ja wohl schlecht über die Feiertage hierbleiben.«

»Warum? Sie tun es doch auch.« Verzweiflung verlieh der Stimme des Mädchens einen schrillen Unterton.

Der alte Drachen war überrumpelt. Gewöhnlich widersprach man ihr nicht.

Ein Lächeln spielte um Caras Lippen, und es fühlte sich irgendwie rostig und schmerzlich an, weil es so selten benutzt wurde. Bei Lady Noras nächsten Worten erstarb allerdings jegliche Belustigung. »Ich bin sicher, ihrem Vater wird irgendwann einfallen, dass er sie vergessen hat.«

Diese Wette würde Lady Nora in Bausch und Bogen verlieren.

Ein weiteres Klopfen mit dem Gehstock. »Ein Herzog vergisst seine Kinder nicht.« Und das war ein weiterer Irrtum in der Diskussion der beiden. Der Herzog hatte mehr Geburtstage vergessen, als Cara zählen konnte. Eine Szene fiel ihr wieder ein.

»Du bist so hübsch wie eine Prinzessin, Cara mia.«

Mutter hatte ihr die Hände auf die Schultern gelegt, und gemeinsam hatten sie Cara im bodentiefen Spiegel angeschaut.

Cara hatte sich eifrig zu ihrer Mutter umgedreht. *»Und Papa will wirklich mit mir zu Gunter's?«*

»Es ist ja schließlich dein Geburtstag, Liebes.«

Ihr aufgeregtes Kinderlachen hallte durch ihre Erinnerung.

Sie hatte den ganzen Tag gewartet – aber er war nicht gekommen.

Cara blinzelte. Woher kam diese Rückbesinnung auf etwas, das vor dreizehn Jahren geschehen war? Es war schließlich mehrmals in ihrem Leben vorgekommen, dass sie ihrem Vater schlicht entfallen war.

Allerdings war es das erste Mal, dass es zu Weihnachten geschah. Sie blinzelte einige Male, als ein Tränenschleier ihr die Sicht verschwimmen ließ. Seltsam, sie hatte vorher gar nicht bemerkt, dass es in den makellos geputzten Räumen hier Staub gab. Wie sonst ließ sich das Tränen ihrer Augen erklären? »Ein Herzog ist viel beschäftigt und hat Wichtigeres zu erledigen, als sich um seine Kinder zu kümmern.«

Für mächtige Adlige war alles wichtiger als ihre Kinder. Mit Ausnahme ihrer Erben natürlich. Sie hatte Cedric jahrelang um die Gunst ihres Vaters beneidet. Dann hatte sie irgendwann angefangen, ihn dafür zu verabscheuen, dass er ebenso gleichgültig und gefühlskalt wie ihr Vater geworden war.

»Es wird nur eine kurze Kutschfahrt sein, und dann wird sie allein zu den Besitzungen ihres Vaters weiterreisen. Ich betrachte die Angelegenheit damit als erledigt, Lady Nora.«

Verflixt und zugenäht. Eine Kutschfahrt gemeinsam mit Lady Nora, einem Mädchen, das Cara verabscheute und sich an ihrem Elend weiden würde? Vielleicht wäre es doch vorzuziehen, wenn sie in der Drachenhöhle blieb. Sie klopfte an.

»Herein.«

Cara drückte die Klinke und trat ein. Mit einer Haltung, an der selbst ihr Vater nichts auszusetzen hätte finden können, zog sie die Tür zu und ließ ihren kühlen Blick über Lady Nora gleiten. Röte trat dem Mädchen in die Wangen, und wie sie die Hände an ihren Seiten zu Fäusten ballte, ließ erkennen, dass sie bereit wäre, die Handgreiflichkeiten fortzusetzen, zu denen es vor sechs Monaten gekommen war, als Cara dafür gesorgt hatte, dass ihre Lehrerin Mrs Jane Munroe entlassen worden war. Gewissensbisse regten sich bei der Erinnerung daran in ihr.

»Das wäre dann alles, Lady Nora«, erklärte Mrs Belden abschließend. Sie klopfte mit ihrem Gehstock noch einmal auf den Boden, als wäre der ein Hexenbesen, der die Schülerin verschwinden lassen könnte.

Die beiden jungen Damen musterten einander einen Moment lang. Cara erwiderte den feindseligen Blick ihrer Intimfeindin mit eisiger Verachtung. Sie würde Nora den Triumph nicht gönnen, zu wissen, dass ihre Worte sie verletzt hatten wie ein wohlplatzierter Schlag.

»Ich sagte, das wäre dann alles, Lady Nora«, wiederholte Mrs Belden und klopfte erneut auf den Boden, jetzt sogar zweimal hintereinander.

Als Lady Nora dicht an Cara vorbeiging, zog die junge Frau ihre Röcke zurück.

Der bebrillte Drachen sprach, sobald sich die Tür hinter der Schülerin geschlossen hatte. »Ihr Vater hat es versäumt, jemanden zu senden, der Sie abholt, Mylady.«

Das hatte Cara auch schon gemerkt. Die acht bereits abgefahrenen Kutschen und die verlassenen Flure verrieten, dass alle anderen Eltern nach ihren Töchtern geschickt hatten. Während ihr eigener Vater offensichtlich nicht damit belästigt werden konnte, auch nur einen Diener mit ihrer Abholung zu beauftragen. Zu Weihnachten. Das von der Schulleiterin laut ausgesprochen zu hören machte alles nur noch schlimmer.

Cara stand steif da, während Mrs Belden um ihren Schreibtisch herumging und hinter dem massiven Möbelstück Platz nahm. Sie betrachtete sie über den Rand ihrer dicken Brillengläser hinweg. »Die meisten jungen Damen wären angesichts solcher Umstände den Tränen nahe, Mylady.« Sie musterte sie mit einem Stolz, der besser zu einer Mutter gepasst hätte. »Es erfreut mich zutiefst, mit welcher Würde und Gefasstheit Sie das heutige Versäumnis Ihres Vaters aufnehmen.«

Es war kein Kompliment für die junge Frau, zu der sie herangewachsen war, wenn diese Schulleiterin, die so verhasst war wie eine giftige Schlange, einen Grund hatte, stolz auf sie zu sein.

»Sie haben mich hierherbestellt, Mrs Belden.« Caras Stimme klang so kühl wie die ihres Vaters, wenigstens soweit sie sich erinnerte. »Bitte teilen Sie mir mit, was Sie mir zu sagen haben.« Sie zupfte eine Fluse von ihrem weißen Puffärmel. »Damit die Angelegenheit geklärt ist.«

Einen Augenblick lang erstarrte die Rektorin, aber dann erschien ein weiteres unschönes Lächeln auf ihrem Gesicht, das ihre Befriedigung verriet. Zweifellos billigte sie Caras eisige Gleichgültigkeit. »Nehmen Sie bitte Platz, Mylady.«

Cara musterte den harten Holzstuhl vor dem Schreibtisch, verspürte den kindischen Drang, das Möbelstück quer durch dieses verhasste Büro zu schleudern, am besten in den Kamin, und dann wegzulaufen, immer weiter zu laufen in die Welt dort draußen, so schnell und so weit, wie ihre Füße sie nur trugen, weg von hier und an einen anderen Ort, wo sie nicht mehr diese junge Frau sein und es ihr gelingen würde, jemand anders ...

»Mylady?« Mrs Belden musterte Cara, die dort stand, als wäre sie eine Kuriosität, wie man sie in der Ägyptischen Halle finden mochte.

Nach dem Tod ihrer Mutter hatte sie alle Energie darauf verwendet, die perfekte Herzogstochter zu werden, und kannte daher nichts anderes. Hölzern begab sie sich mit einer äußeren Gelassenheit, die hart erkämpft war, zu dem Stuhl und ließ sich darauf nieder.

»Lady Nora reist heute ab. Sie hat sich freundlicherweise bereit erklärt, Ihnen zu erlauben, Sie zu begleiten. Wenn Sie beide den Landsitz des Earl of Derby erreicht haben, werden Sie von dort aus in der Kutsche des Earls zu Seiner Gnaden nach Hause gebracht – rechtzeitig für die Feiertage.«

Für die Feiertage. Dieser Nachsatz war ihr vermutlich erst ganz zum Schluss eingefallen. Feiertage – und dazu gehörte auch Weihnachten – wurden im Haus des Duke of Ravenscourt nicht begangen. Da sie weder seine Macht noch sein Ansehen steigerten, betrachtete er sie als bedeutungslos und beachtete sie nicht. Aber sie waren ja ohnehin nur künstliche Zwischenspiele falscher Fröhlichkeit.

Die Anführerin der Drachen legte die Spitzen ihrer gespreizten Finger aneinander, dann stützte sie die Hände auf die Tischplatte. Sie starrte Cara an – was erwartete sie von ihr? Dankbarkeit, dass sie von hier wegbefördert wurde, blamiert und gedemütigt, in Lady Noras Kutsche? Ein Versprechen, den Vorfall lobend vor dem mächtigen Duke of Ravenscourt zu erwähnen? Leider erkannte die Frau nicht, dass dem Herzog seine Jagdhunde und seine Pferde mehr bedeuteten als seine einzige Tochter.

Cara sprach, und als sie das tat, achtete sie darauf, sich keinerlei Gefühl anmerken zu lassen, keinerlei Hinweise darauf zu geben, dass sie irgendetwas empfand, auch nicht die Verachtung für jemanden, der vor dem allmächtigen Herzog katzbuckelte. »Gibt es darüber hinaus noch etwas, worüber Sie mit mir sprechen möchten, Mrs Belden? Anderenfalls würde ich gerne wieder in meine Räumlichkeiten zurückkehren und meine Zofe beim Packen meiner Sachen beaufsichtigen.« Das war natürlich geschwindelt, denn inzwischen hatte Alison vermutlich längst die Truhe geschlossen.

Mrs Belden runzelte die Stirn. »Das ist dann alles.« Sie schürzte die Lippen, vermutlich um zu verhindern, dass sie mehr sagte.

Cara reckte das Kinn und erhob sich mit einer Anmut, die ihr von klein auf von einer wahren Armee von Kindermädchen und Gouvernanten, die sie großgezogen hatten, eingeschärft worden war.

* * *

Cara saß steif auf der Bank in der Kutsche des Earl of Derby neben ihrer schniefenden Zofe, deren Erkältung sich nicht gebessert hatte. Schon die ganze Zeit achtete Cara darauf, sich von der anderen Insassin abzuwenden und aus dem Fenster zu schauen, sodass sie allmählich einen steifen Nacken bekam. Die unbehagliche Stille, die sich in dem Moment im Inneren des Gefährts ausgebreitet hatte, als der Bedienstete von Lady Noras Vater vor Mrs Beldens Mädchenpensionat den Kutschenschlag geschlossen hatte, hielt nun schon zwei Stunden an.

Die siebzehnjährige junge Dame, die aus ihrem Herzen keine Mördergrube machte und unbekümmert ihre Meinung zu allem und jedem äußerte, angefangen bei dem Platz einer Frau in der Welt bis hin zu Caras ständigem Stirnrunzeln, brach das Schweigen schließlich. »Ich wollte dich nicht mitnehmen.«

Alison drückte sich gegen die Wand der Kutsche, als versuchte sie, der sich anbahnenden Auseinandersetzung zu entkommen.

Cara biss sich auf die Innenseite der Wange. Es sollte sie nicht stören, dass diese missmutige und verdientermaßen ärgerliche junge Frau sie nicht mochte, aber dennoch verspürte sie merkwürdigerweise einen Stich in der Brust.

Da sie sich weigerte, ihr auf irgendeine Weise zu verraten, dass ihre Worte eine Wirkung auf sie hatten, bedachte sie sie mit einem eisigen Blick. »Es interessiert mich nicht, ob du mich mitnehmen wolltest oder nicht.« Und dann fügte sie, um die andere weiter zu reizen, hinzu: »Außerdem hast du das bereits zwei Mal« – genauer gesagt vier Mal – »kundgetan, sodass es allmählich langweilig wird.«

Lady Nora kniff die Augen zu schmalen Schlitzen zusammen, und Cara versteifte sich. Das harte Glitzern in den Augen ihrer Schulkameradin passte zu der Wut, die dort gefunkelt hatte, unmittelbar bevor sie Cara eine Ohrfeige gegeben hatte, weil die gepetzt hatte, dass Mrs Munroe ihren Schülerinnen skandalöse Theorien über die Rolle der Frau vorgetragen hatte.

»Ich mag dich nicht, Clarisse Falcot.«

Das war jetzt doch eher enttäuschend. Angesichts ihres beeindruckenden Repertoires von Verwünschungen und Flüchen sollte Lady Nora eigentlich zu mehr Originalität in der Lage sein als zu einem lahmen »Ich mag dich nicht«. Wenn sie Cara tatsächlich überrumpeln und ihr eine Reaktion entlocken wollte, hätte sie vielmehr ihre Wertschätzung erklären müssen. »Ich hab dich mit deinem eingebildeten und herablassenden Auftreten von Anfang an nicht gemocht, seit ich an der Schule bin. Und ich hasse dich, seit auf dein Betreiben hin Mrs Munroe entlassen wurde.«

Die drückende Schuld in Caras Magen nahm die Ausmaße eines Mühlsteins an. Mrs Munroe. Sie war eine uneheliche Tochter von Caras Vater, die bei Mrs Belden als Lehrerin eine Stellung gefunden hatte. Unter den Lehrerinnen hatte es Gerüchte gegeben, aus denen Gerüchte unter den Schülerinnen entstanden waren, und dann spöttische Bemerkungen und lautes Flüstern, alles um einen Herzog, dem seine uneheliche Tochter wichtiger war als seine rechtmäßig geborene. Was im Nachhinein betrachtet natürlich absoluter Unsinn war. Ihrem Vater war niemand wichtig.

Sie krümmte vor Verlegenheit die Zehen. Von all den verachtenswerten Taten, die sie sich in ihrem Leben hatte zuschulden kommen lassen, war die, ihre Halbschwester feuern zu lassen, ohne Zweifel die größte. Was für eine hässliche Seele besaß sie, dass sie aus einem Impuls heraus das Leben einer anderen Frau ruinieren konnte, ohne die Folgen zu bedenken, bis es zu spät war?

»Natürlich hast du darauf nichts zu erwidern«, stellte Lady Nora erbittert fest. »Du sitzt da in all deiner eisigen Pracht, als wärest du persönlich der Herzog von Ravenscourt oder ein Mitglied des königlichen Hofs, aber in Wahrheit bist du ein Niemand, Clarisse Falcot. Du bist nicht mehr als eine ungewollte Tochter, deren Vater sich noch nicht mal dazu aufraffen kann, sich an Weihnachten ihrer zu erinnern. Und später wirst du eine führende Dame der guten Gesellschaft werden und ebenso unfreundliche und gefühlskalte Nachkommen produzieren, wie du es bist. Mir tut der Gentleman, der an dich gekettet sein wird, jetzt schon leid.«

Cara suchte in sich nach der verdienten Wut und der beißenden Verachtung für diese boshafte Tirade der anderen. Doch aus irgendeinem Grund konnte sie die richtigen Worte nicht an dem Kloß in ihrem Hals vorbeizwängen. Stattdessen setzte sie ein geübtes kühles Lächeln auf. Langsam und mit Bedacht kehrte sie ihrer Mitschülerin den Rücken zu. Sie wusste genau, Lady Nora betrachtete sie, suchte nach irgendeinem Zeichen von Schwäche oder irgendeiner anderen Reaktion, die Cara entschlossen war, ihr vorzuenthalten.

Sie zog den roten Samtvorhang vor dem Fenster zurück. Im Geiste verfluchte sie das leichte Zittern ihrer Finger, schob es aber sogleich auf die winterliche Kälte. Schnee und Eis prasselten gegen die Fensterscheiben, und sie starrte hinaus auf die Gebilde aus gefrorenem Wasser, die durch die Luft wirbelten und tanzten. Lord Derbys Pferde zogen die Kutsche in einem steten Tempo durch die schneebedeckte Landschaft. Die beiden jungen Damen im Inneren schwiegen.

Als sie sich schließlich den Besitzungen des Earl of Derby näherten, kam Cara zu der traurigen Erkenntnis, dass ihr die Aussicht, bei der unfreundlichen Lady Nora zu bleiben, viel angenehmer erschien, als zu dem Vater zu fahren, der sie vergessen hatte.

»Endlich«, murmelte Lady Nora.

Cara zog erneut den Vorhang zurück, als das Herrenhaus in Sicht kam. Obwohl von ausgedehnten Ländereien umgeben, würde das Anwesen im Vergleich zu den herzoglichen Gütern ihres Vaters bestenfalls als bescheiden bezeichnet werden können. Und doch würde sie ihr eigenes liebeleeres Zuhause, ohne lange nachzudenken, gegen einen Vater eintauschen, der sie nicht einfach vergaß.

Cara biss sich erneut fest auf die Innenseite ihrer Wange. Nein, das stimmte so nicht. Sie würde alles für einen Vater geben, dem sie etwas bedeutete. Für irgendjemanden, dem sie wichtig war. Denn wer würde schon eine Frau mögen, die so sehr zur leeren Hülle eines menschlichen Wesens geworden war, dass sie selbst nicht länger wusste, wie sie irgendeine Empfindung außer Bitterkeit fühlen konnte? Sie schluckte trocken.

Die Kutsche blieb stehen, und sie schüttelte den Kopf in dem Versuch, ihre trüben Gedanken zu vertreiben. Das Gefährt neigte sich zur Seite, als der Kutscher von seinem Sitz kletterte. Augenblicke später öffnete der livrierte Mann die Tür. »Lady Nora«, sagte er und streckte eine Hand hinein.

»Danke, Thomasly«, erwiderte die mit einem freundlichen Lächeln, das Cara ihr gar nicht zugetraut hätte. Aber vielleicht sparte sie sich ihre spitzen Bemerkungen und ihre Verachtung auch nur für Cara auf.

Von ihrem Platz in der Kutsche aus verfolgte sie den kurzen Austausch zwischen dem Diener und Lady Nora. Sicherlich duldete der Earl doch keinen solch herzlichen Umgang zwischen seiner Tochter und Angestellten in seinem Hause?

Eine Szene von vor elf Jahren fiel ihr ein, aus der Zeit kurz nach dem Tod ihrer Mutter, als Cara die Ställe besucht hatte. Alles stand ihr so lebhaft vor Augen, dass sie meinte, den

Geruch nach Pferden und Heu wahrnehmen zu können. In ihrem Schmerz über den Verlust ihrer Mutter hatte sie Trost in den Stallungen gefunden, bei den Tieren und den Stallburschen. Diese rauen und manchmal brummigen Bediensteten hatten ihr geduldig gezeigt, wie man ein Pferd richtig striegelte ... bis ihr Vater dazugekommen war, sie am Arm gepackt und ins Haus zurückgeholt hatte. Das war das letzte Mal gewesen, dass sie in den dunklen, warmen Räumen dort Zuflucht gesucht hatte.

Cara blinzelte. An den Augenblick hatte sie sich gar nicht mehr erinnert – bis jetzt.

Vage wurde ihr bewusst, dass Lady Nora und der Kutscher sie neugierig anschauten, und sie schüttelte rasch den Kopf.

»Na komm schon mit«, verlangte Lady Nora knapp.

Sie setzte die abgeklärte Miene auf, die sie für alle parat hatte, reichte dem Diener die Hand und ließ sich von ihm beim Aussteigen helfen. Lady Nora lief förmlich die Stufen empor, während Cara ihr gemessenneren Schrittes folgte, der von jahrelangem Drill in damenhaftem Benehmen geprägt war – und auch dem Wunsch, so viel Abstand wie möglich zwischen sich und diese junge Frau zu legen, die sie so verabscheute.

Als ob der gesamte Haushalt auf genau diesen Augenblick gewartet hätte, wurden die Flügel der Eingangstür aufgestoßen, und ein Butler begrüßte Lady Nora mit einem strahlenden Lächeln. Die ganze Zeit stieg Cara Stufe für Stufe empor, versuchte, möglichst wenig Aufmerksamkeit auf sich zu ziehen, was insgesamt schwierig werden würde, bedachte man, dass sie auf die Güte der Tochter des Earls angewiesen war.

Ein Schrei erklang, und Cara zuckte zusammen, schlug sich eine Hand auf ihr wie wild klopfendes Herz, während sie auf der Schwelle erstarrte. Ein großer, breit gebauter Mann erdrückte Lady Nora schier in einer Umarmung, während eine zierliche Frau danebenstand, die Finger gegen die Lippen gepresst. Der dunkle Braunton der Augen der älteren Frau und die leichte Kerbe im Kinn des Mannes verrieten, dass das Paar vor ihr niemand anders war als Lady Noras Eltern.

Neid wallte in Cara auf. Sie hielt sich einen Moment lang am Türrahmen fest, während die Welt um sie herum schwankte. So unglücklich sie auch über die Gleichgültigkeit ihres Vaters gewesen war, hatte sie doch einen gewissen Trost daraus bezogen, dass alle Adeligen ihre weiblichen Nachkommen so behandelten. Diese liebevolle Wiedervereinigung von Mutter, Vater und Tochter zeigte ihr ihren eklatanten Irrtum auf. Sie warf einen Blick über die Schulter in den heftiger werdenden Schneesturm. Die Szene vor ihr weckte in ihr den Wunsch, so schnell wie möglich von hier fortzukommen.

»Papa, das ist Lady Clarisse Falcot.«

Cara erstarrte, während der Butler sich beeilte, die Tür hinter ihr zu schließen, und der Earl und die Countess ihre Aufmerksamkeit auf ihren ebenso unerwarteten wie unerwünschten Gast richteten.

Groß und kräftig gebaut, während ihr eigener Vater schmal und sehnig war, begrüßte der Earl sie. »Mylady«, sagte er mit der kühlen Förmlichkeit, die einer Herzogstochter zustand.

Sie zog den liebevollen Vater, der er eben noch gewesen war, diesem höflichen Mann vor. Cara neigte den Kopf und versank in einen tiefen Knicks. »Mylord. Vielen Dank, dass ich Ihre Kutsche nutzen durfte.« Warum bebte ihre Stimme nicht angesichts ihrer Verletztheit und Verlegenheit?

»Der Herzog hat sie vergessen«, warf Lady Nora als Erklärung ein.

Mutter und Vater bedachten ihre geliebte Tochter mit finsteren Blicken.

Die rümpfte die Nase. »Es stimmt aber.« Sie sah Cara mit solcher Unverschämtheit an, dass sich das Stirnrunzeln ihrer Mutter vertiefte. »Und aus gutem Grund. Sie ist schrecklich.«

»Nora«, schalt die Countess. Ganz die erfahrene Gastgeberin, trat die Hausherrin mit ausgestreckten Händen vor. »Wir fühlen uns geehrt, dass Sie die Feiertage mit uns verbringen.«

Hinter ihrer Mutter bekam Nora einen Hustenanfall. »Die Feierta…«

Cara wickelte sich fester in ihren smaragdgrünen Umhang, wobei Schneeflocken auf den Marmorboden im Foyer fielen und schmolzen. »Vielen Dank für das großzügige Angebot. Allerdings muss ich jetzt rasch weiter. Mein Va…« Die Lüge konnte sie nicht zu Ende sprechen.

»Jetzt gleich?« Der Earl zog die Brauen zusammen. »Das Wetter wird immer schlechter.«

»Was genau der Grund ist, warum ich meine Reise umgehend fortsetzen möchte. Wenn Sie so großzügig wären, mir Ihre Kutsche für die Heimfahrt zu überlassen.« Damit sie so schnell wie möglich von hier fortkam, beschämt und verlacht, die ungeliebte Tochter des Herzogs, und noch einen kleinen Rest ihres Stolzes bewahren konnte.

»Aber …«

»Meine Familie erwartet mich«, erwiderte sie knapp, als der Earl zu einem weiteren Einwand anhob. Dieses Mal präsentierte sie ihm die Lüge, ohne abbrechen zu müssen. Das Leben hatte sie gelehrt, dass die wenigsten Menschen der Tochter eines Herzogs widersprachen. Sie krauste die Nase. Nun, Lady Nora tat es schon. Und eine Handvoll der anderen Schülerinnen bei Mrs Belden. Doch nie vor ihren Eltern.

Und das erwies sich auch hier wieder als wahr.

»Natürlich«, sagte der Earl. »Ich werde mich darum kümmern, dass die Pferde gewechselt werden.«

Während sie im Foyer dieses von Liebe erfüllten Hauses stand, versuchte Cara sich tiefer in die Falten ihres Umhangs zu hüllen. Wie seltsam es hier war. Sie wollte nicht bleiben, aber ebenso wenig wollte sie in die Kutsche des Earls steigen und zu ihrem eigenen Leben zurückkehren ...

Und in diesem Moment war Cara wenigstens sich selbst gegenüber ehrlich und räumte ein, dass sie diese Weihnachten nur einen Wunsch hatte – geliebt zu werden, allein um ihrer selbst willen.

KAPITEL 3

Alison lächelte nicht. Und sie sprach auch nicht. Ihre geröteten Wangen und fiebrig glänzenden Augen beraubten sie ihrer gewohnten Lebhaftigkeit. Das absolute Schweigen der Zofe wurde durch das Heulen des Windes um die Kutsche des Earl of Derby noch betont. Es war wahrhaftig ein schlimmes Unwetter.

Cara zog den Vorhang zurück und spähte in die immer dichter wirbelnden Schneeflocken. Dann blieb die Kutsche plötzlich stehen. »Warum halten wir an?« Kamen diese Worte von ihr oder von Alison? Unbehagen sammelte sich in Caras Magen.

»Ich bin sicher, wir halten nur kurz, weil …« Ihre Zofe betrachtete sie verunsichert. »Weil …« Himmel, was gab es in dieser öden und darüber hinaus weiß gemalten Landschaft, das für den Stopp verantwortlich war? »Straßenräuber?«, hauchte Alison, und ihre Furcht war aus ihrer Stimme klar herauszuhören. »Hatschi!«

Die Neigung des Mädchens zur Theatralik lenkte Cara ab, und sie verdrehte die Augen. »Straßenräuber gibt es auf dieser Route nicht.« Die war zu stark befahren. Sie biss sich auf die Unterlippe. Wenigstens glaubte sie nicht, dass sie hier auf der Lauer lagen. Oder eher, sie hoffte, dass sie das nicht taten.

Cara setzte eine ausdruckslose Miene auf und spähte erneut durch den Spalt zwischen den Samtvorhängen nach draußen. Ihr Inneres zog sich zusammen. Was, wenn ihre fantasievolle Zofe recht hatte und sie wirklich von Straßenräubern gestoppt worden waren? Das fehlte ihr an diesem schrecklichen Tag gerade noch. Sie presste die Lippen zu einer schmalen Linie zusammen. Sie konnten ihretwegen jedes einzelne Schmuckstück aus ihrem Besitz haben, bis auf das eine, das sie auf keinen Fall hergeben würde.

»Sehen Sie sie?« Hatte das Zähneklappern des Mädchens mit seinem Fieber oder der Kälte zu tun?

Sie zuckten beide zusammen, als jemand an den Kutschenschlag pochte. Cara schlug das Herz bis in den Hals, und sie wich Alisons »Ich hab ja gesagt, es sind Straßenräuber«-Blick aus. Mit bebenden Fingern zog sie den Vorhang zurück und strich mit ihrer behandschuhten Hand über die vereiste Fensterscheibe. Etwas von der Anspannung wich aus ihr. Der Kutscher des Earls zog sich die Kappe tiefer ins Gesicht und klopfte erneut an.

Cara stieß die Tür auf. Eine Böe trieb ihr Schneeflocken ins Gesicht, und die Kälte, die ihr entgegenschlug, raubte ihr den Atem. »Was …?« Der Winterwind riss ihr die Worte vom Mund.

Der Mann legte die Hände trichterförmig um den Mund. »Die Kutsche steckt fest, Mylady.«

Sie legte den Kopf schief. »Steckt fest?«

Er nickte einmal. »Wir sind vor Kurzem an einem Gasthof vorbeigefahren, aber wir werden ein Stück zu Fuß zurücklaufen müssen. Die Schneewehen hier sind so hoch, dass wir mit der Kutsche nicht weiterkommen.«

Aller Mut verließ sie. »Zu Fuß?« Sie wusste, sie hörte sich vermutlich wie der letzte Einfaltspinsel an, weil sie jedes zweite Wort des Bediensteten wiederholte. »Sind Sie verrückt?«, schrie sie in den Wind. Himmel, in diesem verflixten Schneesturm würden sie noch ihr Leben lassen.

»Es ist nicht weit«, erwiderte er und hielt ihr eine Hand hin.

Furcht glomm in Alisons vom Fieber glasigen Augen auf, doch sie nahm trotzdem die Hand des Mannes und ließ sich von ihm beim Aussteigen helfen. Ihre robusten Stiefel verschwanden bis zu den Knöcheln im Schnee, und ihre Lippen teilten sich zu einem Keuchen, als sie ihren Umhang fester um sich zog.

Caras Gedanken überschlugen sich, während sie die beiden zitternden Gestalten vor der Kutsche betrachtete. »Aber sicherlich ...?«

»Die Kutsche lässt sich nicht bewegen«, erklärte der Diener mit einem Anflug von Ungeduld.

Unwillkürlich hob sich ihr Blick zum Dach des schwarz lackierten Landauers, wo ihre Reisetruhe festgezurrt war – in der sich die Halskette ihrer Mutter befand. Jetzt würde sie den Preis für ihren Stolz zahlen müssen. »Was ist mit meinen Sachen?« Panik ließ sie leicht schrill klingen. Sie konnte ihre Reisetruhe nicht hier zurücklassen. Nicht, solange sich das letzte Andenken an ihre Mutter dort drin befand.

»Ich werde dafür noch einmal zurückkommen.« Sie hätte schon taub sein müssen, um die Ungeduld in der Stimme des Kutschers zu überhören.

Cara griff nach ihrem Hut und setzte ihn sich auf den Kopf, band rasch die langen Samtbänder darunter zu einer Schleife. Der Einspruch lag ihr schon auf der Zunge.

... Du wirst dich nicht selbst beschämen, indem du zeigst, dass dir an irgendetwas oder irgendjemandem etwas liegt, Clarisse Victoria Falcot ...

Ihr Magen schmerzte bei der Erinnerung an die fast vergessenen Worte ihres Vaters in seinem Arbeitszimmer. »Nun gut«, sagte sie mit einer Herablassung, an der selbst ihr Vater nichts auszusetzen gefunden hätte. Ihre Stiefel sanken tief ein, was ihr ein schockiertes Aufkeuchen entlockte, als sie bis über die Knöchel in der Schneewehe steckte. »Mist.« Und wenn es nicht so schrecklich kalt gewesen wäre, wäre ihr vor Verlegenheit über diesen Ausrutscher ganz warm geworden.

Um die Lippen des Kutschers zuckte es, ehe er sich an die Aufgabe machte, die Pferde auszuschirren. Kurze Zeit später winkte der Mann Cara und Alison, ihm zu folgen. Cara wusste genau, ihr Stolz hatte sie in diese Klemme gebracht. Sie hob energisch die Füße und den vom Schnee feuchten Saum, kämpfte darum, das Gleichgewicht zu halten, während sie sich zu dem Gasthaus vorkämpften, das sie beim Vorbeifahren gar nicht bemerkt hatte.

Neben ihr stöhnte Alison mitleiderregend. »Wir werden hier draußen sterben.« Ausgerechnet jetzt musste das Mädchen seine optimistische Grundhaltung aufgeben?

»Ich werde *nicht* hier draußen sterben«, murmelte Cara vor sich hin. Sie war zu wütend über den ganzen verdammten Tag. Sie konzentrierte sich auf diese Wut, um nicht weiter darüber nachzudenken, wie schmerzhaft ihr der kalte Wind in die Wangen schnitt und ihr Eiskristalle in die Augen peitschte.

Mit jedem Schritt, den sie tat, nährte sie diesen Zorn. Vergessen von ihrem Vater. Ein weiterer Schritt. Auch von ihrem Bruder vergessen, wenn man genau sein wollte. Ein weiterer Schritt. Ausgerechnet zu Weihnachten. Und noch ein Schritt. Sie legte sich die Hände trichterförmig um den Mund. »Wo ist dieser dämliche Gasthof?«, rief sie.

Der Kutscher deutete mit dem Finger nach vorn, ohne langsamer zu werden. Einen schrecklichen Moment lang glaubte sie, dass all dies ein Streich ihrer Intimfeindin Lady Nora war, dass das Mädchen irgendwie den ihr treu ergebenen Diener dazu gebracht hatte, Cara und ihre Zofe hier mitten in der Wildnis in einem Schneesturm ihrem Schicksal zu überlassen.

Stolz war etwas Gefährliches. Sie stapfte durch den Schnee, fest in ihren Umhang gehüllt, der ihr wenig Schutz vor den rauen Elementen bot, die sie umtosten und durch ihre Kleidung drangen. Cara musste zugeben, dass die ganzen Lektionen, Sinnsprüche und Behauptungen über dieses Laster ihre Berechtigung hatten. Ihre Zähne klapperten, das Geräusch wurde von dem heulenden Wind verschluckt, aber dann konnte sie plötzlich durch den dichten Vorhang fallender Flocken die vagen Umrisse eines niedrigen Gebäudes vor ihnen erkennen.

»Gott sei Dank«, stieß sie aus und blies damit die Schneeflocken vor ihrem Mund durcheinander.

Sie kämpften sich auch noch den Rest des Weges zu den Ställen auf der einen Seite des Gebäudes vor. Der Kutscher des Earls klopfte energisch an das Holztor, das schließlich von einem alten, grauhaarigen Mann geöffnet wurde. Er musterte sie einen Moment lang. Was die beiden Männer miteinander sprachen, ging im Heulen des Windes unter. Kurz darauf begaben sie sich zum Eingang auf der Vorderseite des alten Wirtshauses, und der Diener stieß die Tür auf.

In ihrem durchweichten Umhang stand Cara zitternd da und blickte sich in dem schwach beleuchteten Raum um. Tabakqualm hing dick in der Luft, stammte von einer Pfeife, die vor Kurzem angezündet worden war. Der beißende Geruch brannte ihr in der Lunge. Cara rümpfte die Nase. Sie hatte Tabakqualm schon immer verabscheut, weil ihr davon übel wurde. Zudem erinnerte er sie an ihren Vater, wenn der sich ins Billardzimmer zurückzog, um mit anderen selbstherrlichen Adeligen Zeit zu verbringen, die ihm allesamt wichtiger waren als seine eigene Tochter.

Alison stand geschwächt neben ihr, schaute sich ebenfalls in der leeren Gaststube um.

Cara zog sich die nassen Handschuhe aus und ließ ihren Blick durch den Raum wandern, suchte nach dem Besitzer der Pfeife. Im Kamin loderte ein Feuer, das unheimliche Schatten auf die Wände warf.

»Hallo?«, rief sie mit kühler Stimme. Hinten im Raum erklangen schlurfende Schritte.

Ein untersetzter alter Mann mit einer Pfeife zwischen den Zähnen trat vor, um sie zu begrüßen. »Ah, Sie benötigen Zimmer, nicht wahr?«

Glaubte er, sie würden die Nacht lieber im Freien verbringen, in diesem schrecklichen Schneesturm? Cara verkniff sich die scharfe Erwiderung. »Ich brauche in der Tat ein Zimmer«, verkündete sie knapp und schlug ihre Handschuhe gegeneinander. Sie warf einen Blick zu Alison. »Genauer gesagt zwei.«

Der Wirt nahm seine Pfeife aus dem Mund und grinste, wobei er eine Reihe von schiefen Zähnen mit großen Lücken dazwischen entblößte. Cara wankte leicht nach hinten, beinah umgeworfen von dem heftigen Knoblauchgeruch in seinem Atem.

»Und eine Mahlzeit«, fügte sie hinzu.

Neben ihr nieste Alison.

»Und ein warmes Bad.«

Der alte Wirt zog an seiner Pfeife. »Sonst noch etwas, Mylady?«

Sie schüttelte knapp den Kopf, schlüpfte aus ihrem feuchten Umhang und reichte ihn dem alten Mann. »Das wäre alles.«

Eine ebenso alte Frau mit einem Schopf weißer Haare und einem Glitzern in ihren altersrüben Augen trat vor. »Gestatten Sie mir, Ihnen die Zimmer zu zeigen, Mylady.«

Cara hielt eine Hand hoch und warf einen Blick zurück zum Kutscher des Earls. »Ich möchte, dass meine Truhe unverzüglich nach oben geschafft wird.«

Der Mann öffnete den Mund, als genau in diesem Moment ein heftiger Windstoß die Tür traf, sodass sie im Rahmen erbebte, und Hagelkörner gegen die bleigefassten Fensterscheiben prasselten. Er nahm seinen Hut ab und schlug sich damit ans Bein. »Aber, Mylady, der Schneesturm …«

Ihr Herz setzte aus, und sie schaute zum Fenster. Warum, zur Hölle, hatte sie den Herzanhänger nicht bei sich behalten? *Weil du so verletzt und verärgert über deinen desinteressierten Vater warst, dass du trotzig um dich geschlagen hast und dabei das Stück getroffen hast, das dir der eine Mensch gegeben hat, der dich je geliebt hat.*

Sie schluckte. Und was hatte sie getan? Sie hatte es von ihrer Zofe ganz unten in der Reisetruhe verstauen lassen. Dieser verfluchte Tag. Nein, es war ihre eigene verfluchte Impulsivität gewesen. Einmal mehr musste Cara an Jane Munroe denken, doch sie verbannte das Gesicht ihrer früheren Lehrerin sogleich energisch aus ihren Gedanken.

Cara starrte hinaus in die Dunkelheit, sah die Flocken vor den vereisten Scheiben wirbeln. Sie schaute den Kutscher wieder an und schob das Kinn vor, um das leichte Zittern darin zu verbergen. »Ich verlange augenblicklich meine Truhe.« Die ganzen Kleider und der Tand, den sie als Tochter eines Herzogs besaß, konnten zur Hölle gehen. Ihr Herz klopfte vor Panik. »Ich brauche …« *Die Kette meiner Mutter.* Wirtsleute und Diener blickten sie merkwürdig an. Caras Haut wurde ganz heiß. »Ich brauche trockene Kleidung.«

Die alte Frau lächelte gütig. »Also das ist leicht genug, Mylady. Ich besitze mehrere hübsche Kleider. Natürlich nichts auch nur annähernd so Elegantes wie das, was Sie gewohnt sind.« Sie drehte sich um und wollte sich entfernen.

»Nein«, rief Cara, und ihre Stimme hallte durch das Gasthaus. Schockiertes Schweigen breitete sich aus. Sie wandte sich wieder an den Kutscher des Earls und verlangte mit erzwungener Eiseskälte: »Sie gehen.«

Der Mann verlagerte sein Gewicht, während draußen der Sturm an der Tür rüttelte. »Aber, Mylady«, widersprach er, »da draußen tobt ein Sturm.«

Sie machte einen Schritt auf ihn zu. »Es ist lediglich ein bisschen Schnee, und ich befehle Ihnen, zu gehen.« *Bitte gehen Sie.*

Er senkte den Blick zu ihren nassen Stiefeln.

»Sie würden jemanden in dieses gottverdammte Wetter hinausjagen, nur für Ihre belanglosen Sachen, Sie verzogenes Gör?«

Die raue, verärgerte Stimme erklang von irgendwo hinter ihr, und sie wirbelte herum. Das Herz blieb ihr stehen, und Furcht lag ihr wie ein Stein im Magen beim Anblick des riesigen Mannes, der sie missbilligend betrachtete. Sie zerdrückte den Stoff ihres Kleides in ihren Händen und schluckte schwer. Angesichts der Bartstoppeln in seinem Gesicht und der hünenhaften Gestalt war ihr sofort klar, dass er zur Arbeiterklasse zählte.

Als ob er die Richtung ihrer Gedanken erraten könnte, kniff er seine blauen, beinah schwarzen Augen bedrohlich zusammen. Cara schluckte schwer und wich vor ihm zurück.

Ein spöttisches Lächeln spielte um seine harten Lippen. »Haben Sie darauf nichts zu erwidern, Sie Gör?«

Empörung vertrieb die Nervosität in ihr. Gör? Der unverschämte Kerl hatte sie Gör genannt. Zwei Mal. Und herausgefordert, vor dieser kleinen Ansammlung entsetzter Fremder. Sie fasste sich und stampfte mit dem Fuß auf. »Wie können Sie es wagen?« Sie war stolz darauf, dass sie diese Worte einigermaßen ruhig aussprechen konnte, während sie innerlich bebte. Himmel, der Mann war einen Fuß größer als sie mit ihren gut eins sechzig, und der Stoff seiner Ärmel spannte sich über den Muskeln seiner Oberarme.

Er verschränkte die Arme vor der Brust, wodurch das grobe Leinen noch weiter beansprucht wurde. Es gehörte sich natürlich nicht, jemanden wie ihn derart anzustarren, aber trotzdem – ihr wurde warm. Sie hatte Männer den Großteil ihres Lebens lang in die Kategorie wertloser Schufte, wie ihr Vater einer war, gesteckt. Nie zuvor hatte sie einen bewundert, und ganz bestimmt war ihr nie beim bloßen Anblick eines Mannes irgendwie warm geworden.

»Wie ich das wagen kann? Sie sind eine verwöhnte Eisprinzessin, die ihre Diener in die Kälte hinausjagen will, um was zu retten? Ihre schönen Kleider?« Seine Herablassung riss sie aus ihren närrischen Überlegungen, so abrupt, als wäre sie in den Schnee draußen gestoßen worden.

Cara biss die Zähne zusammen. »Nennen Sie mich nicht Eisprinzessin. Außerdem«, sie musterte ihn abschätzig von Kopf bis Fuß, »geht es Sie nicht das Geringste an.« Wie sollte so ein Rüpel wie er auch begreifen, was es mit der Halskette am Boden ihrer Reisetruhe auf sich hatte?

Er trat einen weiteren Schritt näher, und ihr Mut verließ sie. »Es geht mich nichts an?«

Oje. Nie zuvor hatte sie sich für ihre Äußerungen vor irgendjemandem rechtfertigen müssen außer vor ihrem Vater. Und den interessierten ihre Worte noch weniger als sie als Mensch. Cara wich zurück, bis sie mit dem Rücken gegen die Holztür stieß. Sie verzog das Gesicht, schaffte es gerade noch, zu nicken. »Ganz richtig. E-es geht Sie nichts an.«

»Es geht mich nichts an, dass eine verwöhnte Göre einen Mann hinaus in einen verdammten Blizzard schickt, wegen ein paar belangloser Kleider und hübscher Bänder?« Mühsam beherrschte Wut klang aus seiner Stimme.

Seine Anmaßung zerrte an ihren bereits überbeanspruchten Nerven. Sie reckte das Kinn. »Ich sehe, dass Sie es endlich verstehen.« Was wusste er schon von ihr?

Es zeigte sich, dass sie damit genau das Falsche gesagt hatte. Er war mit drei langen Schritten bei ihr. Mit seiner Schnelligkeit überraschte er sie, sodass sie unwillkürlich nach Luft schnappte und die Hände hochhielt, um ihn abzuwehren, aber er kam weiter näher, bis sie nur noch eine Haaresbreite trennte.

Obschon vom Fieber geschwächt, gelang es Alison, den Fremden empört anzufunkeln. »Wie können Sie es wagen? Wissen Sie nicht, wer …?«

Cara blickte um den Hünen herum, brachte das Mädchen mit einem Blick zum Schweigen. Es wäre witzlos, ihre Abstammung oder ihren Stand ins Spiel zu bringen. Trotz seiner kultivierten Sprechweise verachtete er die vornehme Welt eindeutig. Vermutlich war er der Bastardsohn eines Gentlemans, dem der gesamte Adel ausnahmslos verhasst war. Wer konnte schon wissen, was jemand wie er mit dem Wissen darum, wer sie in Wahrheit war, anfangen würde?

»Ich schere mich keinen Deut darum, selbst wenn deine Herrin die Königin von England wäre«, entgegnete er, richtete diese Antwort jedoch an Cara. Er hielt ihr einen Finger unter die Nase. »Wenn Sie Ihre Sachen so dringend brauchen, dann riskieren Sie gefälligst Ihr eigenes Leben und nicht das von anderen.«

Sie wollte ihn scharf zurechtweisen, ihm ihre Stellung und Abstammung unter die Nase reiben und ihm damit ein für alle Mal den Mund stopfen. Leider verriet sein markantes Kinn, dass dieser Mann niemals von irgendetwas dieser Art beeindruckt wäre.

Cara schob seine Hand beiseite. »Sie unverschämter grober Klotz. Wagen Sie es nicht, Ihre Finger auch nur in die Nähe meines Gesichts zu bringen.«

»Ich mag zwar unverschämt sein, aber ich bin keine selbstsüchtige, verzogene Göre, die ihr eigenes Wohlergehen vor das anderer stellt, bloß weil sie sich Gott weiß was auf ihre Bedeutung einbildet.«

Der rau hervorgestoßene Vorwurf traf sie. Nie zuvor hatte irgendjemand es gewagt, so mit ihr zu sprechen. Es hatte etwas Erniedrigendes, derart heruntergeputzt zu werden. Nur ging es ihr eben gar nicht um irgendwelche Kleider oder Tand, wie er behauptete, sondern um ein besonderes Schmuckstück. »Sie wissen gar nichts«, presste sie zwischen zusammengebissenen Zähnen hervor.

»Ach, tue ich nicht?«

»Nein, tun Sie nicht.«

Die Dienstboten und das Wirtsehepaar blickten zwischen ihnen hin und her, als folgten sie einem Tennismatch.

Ein herablassendes Lächeln spielte um seine harten Lippen. »Und ich will auch gar nichts darüber wissen.«

Über sie. Verlegenheit ließ ihr die Wangen heiß werden. Verlegenheit, und noch etwas anderes. Kränkung. Was keinen Sinn ergab und ganz bestimmt nur von ihrer Niedergeschlagenheit herrührte, der albernen Weihnachtszeit und dem jüngsten Beweis der Gleichgültigkeit ihres Vaters.

Der Kutscher räusperte sich. »Ich ... Ich werde Myladys Truhe holen.«

Sie schluckte das bittere Bedauern herunter. Das kam ein bisschen spät. Dieser ganze peinliche Austausch hätte vermieden werden können, wenn er dieses Angebot gemacht hätte, bevor der flegelhafte Fremde seine Nase in ihre Angelegenheiten gesteckt hatte. Cara nickte einmal knapp, und der Mann wandte sich zum Gehen.

»Das werden Sie schön bleiben lassen.« Der kühle, autoritätsgewohnte Ton hätte sogar ihren herzoglichen Vater beeindruckt.

Schmerz durchbohrte Caras Herz. In dem verzweifelten Versuch, Nonchalance zu heucheln, raffte sie die Röcke, reckte die Nase in die Luft und ging um den Kerl herum. »Ich würde gerne mein Zimmer sehen.« Mit dieser ruhigen Bitte hoffte sie, den kümmerlichen Rest ihres Stolzes zu wahren.

»Natürlich.« Die alte Frau eilte herbei. »Wenn Sie mir gütigst folgen wollen.« Sie winkte Cara und Alison.

Mit unter den Blicken des Fremden brennendem Nacken zwang Cara sich, gemessenen Schrittes zur Treppe zu gehen, obwohl sie am liebsten die Stufen hochgestürmt wäre, sich in ihrem armseligen Zimmer eingesperrt und auf dem Bett zusammengerollt hätte, um diesen ganzen schrecklichen Tag einfach nur zu vergessen.

Kapitel 4

William saß am flackernden Feuer im leeren Schankraum und starrte in seinen Bierkrug. Jegliche Ruhe und jeglicher Frieden, die er zuvor empfunden haben mochte, waren von einer zänkischen Dame vertrieben worden, die sich selbst viel zu wichtig nahm. Er verzog das Gesicht und trank einen weiteren Schluck von seinem Ale.

Alles, was die goldhaarige Xanthippe erreicht hatte, war, Gedanken an die selbstsüchtige Lady heraufzubeschwören, mit der seine Eltern ihn verheiraten wollten, eine der jungen Damen, die ihre Wünsche über die Sicherheit eines Bediensteten oder jedes anderen stellten, solange nur ihre eigenen Bedürfnisse erfüllt wurden.

Es war wirklich eine Schande, dass dieses schlanke, anmutige Wesen mit dem herzförmigen Gesicht und dem hellblonden Haar eines Engels so kalt wie Januarfrost sein musste. Zu gern hätte er ihr den Missmut von den vollen Lippen geküsst und das Eis in ihr geschmolzen. Ein unwilliger Laut drang über seine Lippen. Er hatte eindeutig schon zu lange keine Frau mehr gehabt, wenn ihn jetzt Lust auf ausgerechnet diese Dame erfasste.

Der Wirt kam herüber und zeigte auf Williams Krug. »Soll ich nachschenken?«

William war dankbar für die Unterbrechung seiner wirren Überlegungen. Er lächelte und hielt dem Wirt seinen fast leeren Humpen hin, um sich erneut einfüllen zu lassen. »Gutes Ale. Danke …« Er blickte den älteren Mann fragend an.

»Martin. Ich heiße Martin und meine Frau Martha.« Er zeigte auf die alte Frau, die mit einem Lappen die leeren Tische abwischte.

William hob seinen Krug zum Gruß. »Gutes Ale«, log er. Es war fürchterliches Zeug.

Ein Funkeln trat in Martins Augen. »Nett von Ihnen.« Er senkte die Stimme zu einem verschwörerischen Flüstern. »Aber es ist schrecklich.« Er nickte in Richtung seiner Ehefrau, und William folgte seinem Blick. »Aber ich bring es nicht übers Herz, ihr zu sagen, dass es genauso schlecht ist wie unsere Zimmer hier.« Er wackelte mit den Augenbrauen. »Sie ist stolz auf dieses Haus, und ich bin zufrieden, sie in dem Glauben zu lassen, dass wir die beste Herberge im ganzen Königreich führen.« Er zwinkerte ihm zu. »Denn das macht man, wenn man jemanden liebt, oder?«

Williams Lächeln gefror. Um das zu verbergen, nahm er noch einen Schluck von seinem schrecklichen Ale. »Allerdings«, murmelte er.

Er hatte dieses Gefühl nie persönlich erlebt, und bei der Zukunft, die seine Eltern für ihn geplant hatten, würde er das vermutlich auch niemals tun. Der Mann wollte sich abwenden, aber William deutete auf den Platz ihm gegenüber. »Bitte, setzen Sie sich.« In einer kalten, düsteren Nacht wie dieser wollte er nicht mit seinen Gedanken über das Leben, das ihn erwartete, allein sein.

Der alte Gastwirt stellte den Krug auf den Tisch und setzte sich auf den wackeligen Stuhl, auf den William gezeigt hatte.

Tatsächlich wusste William nichts darüber, wie es war, verliebt zu sein. Die Ehe seiner Eltern war glücklich, also stellte er nicht infrage, dass dies für manchen Gentleman möglich war. Nur nicht für ihn. Auch wenn dieser Mann und die namenlose Harpyie oben, die ihn für einen einfachen Bürger mit gut gefüllten Taschen hielt …

Die Wahrheit war, er würde eines Tages den Titel eines Herzogs tragen. Und deshalb waren diese schlichten, aber keinesfalls unwesentlichen Vergnügungen, die anderen zugestanden wurden – die Möglichkeit, sich an eine Person zu binden, die sie respektierten und bewunderten und vielleicht sogar liebten –, nun, sie waren ein Luxus, der nicht allen Mitgliedern der guten Gesellschaft vergönnt war.

Der Mann brach die Stille. »Sind Sie verheiratet?«, fragte er und folgte damit beinahe dem Pfad, den Williams Gedanken genommen hatten.

»Keine Ehefrau.« Noch nicht. Er trank einen weiteren Schluck, hieß die Wärme willkommen, die ihm dieses schreckliche Gebräu verschaffte. Aber er würde es sein. Gott mochte ihm helfen, er würde eine Ehefrau haben. Seine Kehle brannte, verlangte nach mehr, und er hob ein weiteres Mal seinen Krug.

»Ah, die Lady oben ist in der Tat wunderschön.«

William hielt inne, den Humpen auf halbem Weg zu seinen Lippen. Ganz sicher hatte er den Mann falsch verstanden. Oder vielleicht war hier noch ein anderes, freundlicheres Wesen abgestiegen, das kennenzulernen er bisher nicht das Vergnügen gehabt hatte. Er gab einen unverbindlichen Laut von sich.

Das Funkeln in den Augen des Mannes wurde stärker. »Hat aber Temperament, diese Frau.«

William zuckte die Achseln. »Sie ist eine echte Dame.« Und zwar genauso ein kaltes, gefühlloses Geschöpf wie die, denen er sein Leben lang aus dem Weg zu gehen versucht hatte. Schlimm genug, dass er seinen Eltern zuliebe genau so eine Dame würde heiraten müssen.

William biss die Zähne zusammen, als der alte Widerwillen ihn durchströmte. Nein, seine Eltern hatten keine Frau für ihn auswählen können, die wenigstens herzlich und nett war. Die Freundschaft, die seine Mutter mit der verstorbenen Herzogin verbunden hatte, war wichtiger als das Lebensglück ihres Sohnes.

Martin lehnte sich vor. »Trotz Ihrer groben Kleidung und den breiten Schultern glaube ich nicht, dass Sie irgendetwas anderes sind als ein Gentleman.« Er zwinkerte ihm zu.

William zuckte zusammen. Er sehnte sich nach der Anonymität eines einfachen Mannes, und er hatte närrischerweise gehofft, dass die Leute hier sich von seiner wenig bemerkenswerten Kleidung täuschen lassen würden.

»Ihr Geheimnis ist bei mir sicher, Mylord«, versicherte ihm der Wirt.

William schob den Krug von der einen Hand in die andere. »Danke.« So wie es aussah, würden die Freiheiten, die er in den letzten Jahren genossen hatte, ohnehin bald ein Ende finden.

»Sie war wohl wirklich ein wenig kühl.« Martin zog ein kaum sauber zu nennendes Taschentuch hervor und wischte sich die Stirn ab. »Aber alle Damen sind ein wenig kühl, wenigstens oberflächlich. Darunter kann aber ein Vulkan schlummern. Dabei hat ein temperamentvolles Wesen bei einer Frau durchaus Vorteile.«

»Ach, tatsächlich?« Bei Williams trockenem Tonfall lachte der andere Mann leise auf.

»Oh, natürlich. Aber in der Jugend kann man das nicht erkennen.« Er nickte zu seiner Frau hinüber, die jetzt einen weiteren Tisch säuberte. »Meine Martha hat auch Temperament. Früher konnte sie den ungehobeltsten Kerl im Schankraum in die Schranken weisen.«

»Es gibt einen Unterschied zwischen temperamentvoll und unfreundlich«, fühlte sich William verpflichtet anzumerken.

Dafür, jemanden in den Schneesturm hinauszuschicken, gab es keine Entschuldigung.

»Vielleicht.« Martin kippelte auf den Hinterbeinen seines Stuhls und hakte die Daumen in den Hosenbund. »Aber ich war schon immer der Meinung, dass mehr in einer Person steckt, als auf den ersten Blick zu sehen sein mag.«

William verbiss sich eine Antwort. Er wollte dem Wirt nicht seinen hoffnungsvollen Blick aufs Leben zerstören. Tatsächlich gehörte William einer Welt an, die bevölkert war von kalten, herablassenden Aristokraten, und er hatte jeden Moment der Freiheit genossen, den er abseits dieser glitzernden guten Gesellschaft hatte verbringen können. Seine Eltern und Geschwister waren die sprichwörtliche Ausnahme von der Regel, was den Adel betraf.

»Martin, komm her. Die Dame oben und ihre Zofe warten auf ihr Essen.«

Der Gastwirt kippte seinen Stuhl zurück auf alle Beine und kam mit einem Seufzen auf die Füße.

William nickte ihm zu. »Guten Abend, Martin.«

»My…«

»William«, fiel er ihm ins Wort. »Einfach William.« Denn er würde die kurze Zeit der Freiheit, die ihm vergönnt war, bevor er in die Welt zurückkehren musste, vor der er jahrelang davongelaufen war, bis zum Letzten auskosten. Während der Mann sich entfernte, verspürte William einen Anflug von Mitgefühl. Er beneidete den Gastwirt nicht darum, dass er sich mit dem zänkischen Weib oben abgeben musste.

* * *

Cara drehte sich einmal im Kreis und betrachtete ihr Zimmer. Sie rieb sich mit den Händen über die Arme, um die Kälte zu vertreiben, die ihr von der Wanderung durch den Schnee noch immer in den Knochen steckte. Ihre Bemühungen waren nicht von Erfolg gekrönt.

Ihrem scharfen Blick entging nichts, von der angeschlagenen Waschschüssel und dem Krug bis zu den Schrammen im Holzboden. Sie musterte den verschlissenen Teppich am Fußende des Bettes. Vielleicht war es ja nicht so ungemütlich, wie es aussah. Cara ging hinüber und setzte sich. Sie rutschte hin und her, probierte verschiedene Stellen auf der durchgelegenen Matratze aus.

Mit einem entnervten Seufzen schloss sie für einen Moment die Augen und ließ sich dann mit einem Mangel an vornehmer Zurückhaltung, den ihr Vater aufs Schärfste verurteilt hätte, mit ausgestreckten Armen nach hinten fallen. Sie betrachtete die von Rissen durchzogenen Deckenbalken, die genau wie die Wasserflecken vermuten ließen, dass das Dach nicht ganz dicht war.

Tropf. Tropf. Tropf.

In dem schwach erleuchteten Raum versuchte sie die Herkunft des störenden Geräusches auszumachen. Etwas Kaltes, Nasses landete direkt auf ihrer Nase. Sie schaute hoch zur Decke, wo sich in einem feuchten Fleck auf der abblätternden Farbe bereits der nächste Tropfen bildete.

Cara schloss die Augen. So wie ihr Tag bisher gelaufen war, hatte es wohl so kommen müssen. Ein weiterer Tropfen landete auf ihrer Stirn, und sie rollte sich zur Seite.

Ihre Zähne klapperten laut in dem stillen Raum, untermalt von dem Geräusch der starken Windböen, die gegen das Fenster drückten. Sie zog die Beine nah an ihre Brust, rollte sich zu einem Ball zusammen, und weil es viel einfacher war, sich auf einen Fremden zu konzentrieren, der sie verachtete, als auf einen Vater, dem sie egal war, ließ sie sich ein weiteres Mal das Treffen mit dem Mann im Schankraum durch den Kopf gehen.

Dass er sie nicht mochte, war spürbar gewesen und sollte ihr wirklich egal sein. Schließlich mochte niemand sie. Und an den meisten Tagen mochte sie sich nicht einmal selbst. Und dennoch … Tränen traten ihr in die Augen, und sie blinzelte sie rasch weg.

Ein törichtes Zeichen von Schwäche, Mädchen. Die dröhnenden Worte ihres Vaters schienen von diesen fremden Wänden widerzuhallen.

Ein Schauer durchlief sie, und sie versuchte sich in die dünne Überdecke des Bettes zu wickeln. »B-belanglose S-Sachen. Nennt mich Göre.« Cara kuschelte sich tiefer unter die Decke auf der vergeblichen Suche nach Wärme. »Aber t-trägt w-warme Kleidung und trinkt sein Ale vor dem Feuer.« Sie hätte all ihre materiellen Besitztümer, wie der Rüpel es genannt hatte, für das eine kostbare Andenken eingetauscht, das ihr ihre Mutter hinterlassen hatte.

Es klopfte an der Tür, und sie richtete sich auf. Für einen kurzen Moment erfüllte sie die Hoffnung, dass der Kutscher der Anweisung des anmaßenden Fremden und auch dem Wintersturm getrotzt hatte, um ihre Reisetruhe herzuschaffen.

»Mylady, ich habe Ihnen einige Dinge gebracht.«

Ihr sank das Herz. Schnell wischte sie sich mit den Händen über die Augen und kniff sich in die Wangen.

»Mylady?«

Sie schwang die Beine über die Bettkante und durchquerte rasch den Raum, erreichte die Tür und zog sie genau in dem Moment auf, als die weißhaarige Frau, die davorstand, die Hand bereits erhoben hatte, um erneut anzuklopfen. Ein zögerndes Lächeln formte sich auf ihren Lippen. »Oh, hallo.« Sie presste die ordentlich gefalteten Kleidungsstücke auf ihrem Arm fester an sich.

Caras Blick wanderte zu dem Stapel, den die Wirtin an die Brust gedrückt hielt. Wenn sie auch nicht aus Samt und Seide waren, wie ihr Vater es für sie stets verlangte, lenkte das leuchtende Smaragdgrün des Stoffes ihre Gedanken doch für einen Moment von ihrem Elend ab.

Ohne darauf zu warten, hereingebeten zu werden, trat die Frau ein. »Es ist natürlich nicht das, woran Sie gewöhnt sind ...«, erklärte sie mit derselben freundlichen Art, die Alison an den Tag legte.

Cara biss sich auf die Unterlippe, als die Frau das Unterkleid und die Unterwäsche aufs Bett legte. Während sie weiter drauflosredete, schüttelte sie das Kleid aus. Der zerknitterte Musselin verriet sein Alter schon im Muster, und trotzdem ... »Es ist sehr hübsch«, gab Cara zu.

Das Lächeln der anderen Frau wurde breiter, und ihre Augen begannen zu funkeln. »Darf ich Ihnen beim Umziehen helfen?«

»Meine Zofe ...«

»Ist stark erkältet.« Die Wirtin schnalzte mit der Zunge. »Das arme Ding hat Fieber und ist völlig verfroren.«

Jetzt steckte Cara also vollkommen allein in dieser verflixten Lage. Sie seufzte wieder und drehte der Frau den Rücken zu, sodass sie ihr helfen konnte, die lästige Knopfreihe hinten an ihrer weißen Seidenrobe zu öffnen. Das Kleidungsstück fiel ihr zu Füßen, und sie trat aus dem Stoff heraus.

»Ich habe ein typisches Weihnachtsgericht zubereitet«, erzählte die Frau glücklich, während sie Cara das klamme Unterkleid über den Kopf zog und nach dem anderen, zwar alten, aber dankenswerterweise trockenen griff.

Was genau war ein Weihnachtsgericht? Cara biss sich auf die Innenseite ihrer Wange, um die Frage zu unterdrücken, und steckte ihre Hände durch die Armlöcher, die ihr hingehalten wurden.

»Und jetzt das Kleid.« Die Frau streifte Cara den Musselin über den Kopf und machte sich daran, die Knöpfe im Rücken zu schließen. »So. Fertig.« Sie betrachtete ihre Arbeit für einen Moment.

Ein kalter Tropfen landete auf Caras Hand, und sie folgte seinem vermuteten Weg mit den Augen nach oben zu einem weiteren feuchten Fleck an der Decke.

»Oje«, murmelte die Frau und rang die Hände. »Ich möchte wetten, dass das Unwetter dem Dach nicht gerade gutgetan hat.«

Und Cara würde wetten, dass der aktuelle Schneesturm wenig mit dem Zustand ihres Zimmers zu tun hatte, sondern dass er Jahren der Vernachlässigung zu verdanken war. Sie öffnete den Mund, um das auszusprechen, als ihr die Worte des rüpelhaften Fremden wieder in den Sinn kamen. Bei Gott, sie würde die schlechte Meinung, die er von ihr hatte, nicht noch unterstützen. Sie presste die Lippen zu einer schmalen Linie zusammen.

»Vielleicht würden Sie Ihr Essen lieber unten einnehmen.«

»Großartige Idee«, murmelte Cara.

Und da sie den groben Klotz unten dem kalten, nassen und zudem trostlosen Zimmer hier oben vorzog, folgte sie der Frau, die sie zu einem Tisch führte, auf dem schon ein Teller stand. Die Wirtin war optimistisch gewesen. Cara schnitt eine Grimasse. Doch wenn sie an die Tropfen über dem klumpigen Bett dachte, würde sie behaupten, dass niemand – sei es Lord, Lady oder Straßenjunge – in diesem Zimmer würde bleiben wollen.

»Hier sind wir also«, bemerkte die Frau. Ihr Ehemann kam herübergeeilt und zog den Stuhl heraus, der auf seinen ungeraden Beinen wackelte. Cara blieb zögernd neben dem Tisch stehen und betrachtete misstrauisch die verbrannt aussehende

Mahlzeit auf ihrem Teller. Steif setzte sie sich und entließ das Ehepaar mit einem Nicken.

Nachdem die beiden verschwunden waren, schnitt Cara eine Grimasse und nahm ihre Gabel zur Hand. Sie stocherte in dem Weihnachtsgericht, das vielleicht – oder vielleicht auch nicht – irgendeine Art von Pastete war. Sie nahm ein winziges Stück mit ihrer Gabel auf und hielt es sich dicht vor die Augen. Wenn das hier ein Weihnachtsessen war, dann war ihr jetzt klar, warum die Köchin zu Hause so etwas nicht auf den Speiseplan setzte.

Platsch.

Cara verzog das Gesicht, als der elfenbeinfarbene Klumpen mit einem lauten Geräusch zwischen den verbrannten Kartoffeln landete.

»Nein, sagen Sie es mir nicht«, ertönte eine belustigte Stimme oberhalb ihrer Schulter. »Lassen Sie mich raten: Sie mögen Ihr Abendessen nicht.«

Bei diesem leicht spöttischen, rauen Bariton versteifte sie sich. »Ganz sicher haben Sie heute Abend doch etwas Besseres zu tun, als einer ›verwöhnten Göre‹ Gesellschaft zu leisten«, presste sie zwischen zusammengebissenen Zähnen heraus, ohne den Blick von ihrem Teller zu heben.

Mit einer Arroganz, die besser zu einem Herzog gepasst hätte, trat er um den Tisch herum, zog den Stuhl ihr gegenüber heraus und setzte sich. Sein breiter Körper wirkte an dem kleinen Eichentisch übergroß. Als keine Antwort kam, hob sie den Blick und bemerkte das ironische kleine Lächeln auf seinen Lippen. »Habe ich etwa Ihre Gefühle verletzt, Prinzessin?«

Sie denkt, sie sei eine Prinzessin und jemand würde sie heiraten wollen, aber der einzige Grund, warum irgendjemand sie nehmen würde, ist, dass sie die Tochter eines Herzogs ist.

Diese Erinnerung an ihren ersten Tag bei Mrs Belden erschien in ihrem Kopf, und sie starrte, ohne zu blinzeln, auf das weiße Hemd des Fremden. Sie hatte seit Jahren nicht mehr an diesen Moment gedacht, so lange, dass sie sich eingeredet hatte, die gehässige Bemerkung sei nicht wichtig gewesen. Doch unter den Augen dieses Mannes gestand sie sich die Wahrheit ein: Es war wichtig gewesen, weil sie, das einsame Mädchen ohne einen einzigen Freund in der Welt, als eiskalt und arrogant angesehen worden war.

Er ließ seinen Blick suchend über ihr Gesicht gleiten. »Wo bleibt Ihre bissige Antwort, Prinzessin?« Er versuchte sie zu provozieren. Als jemand, der lange genug abfällige Blicke und gemeines Flüstern ertragen hatte, erkannte sie das sofort. Wäre es ihm überhaupt wichtig, dass er sie so tief getroffen hatte?

Hitze stieg ihr in die Wangen, und sie senkte den Blick. »Ich habe Ihnen schon einmal gesagt, Sie sollen mich nicht Prinzessin nennen.«

Die Beine seines Stuhls scharrten über den Boden, als er ihn näher an den Tisch zog. »Ich habe Sie doch nicht etwa verletzt ... Prinzessin?«

Cara schluckte ihre beißende Erwiderung herunter. In den vergangenen Jahren hatte sie es mit sehr viel beeindruckenderen Gegnern zu tun bekommen als ihm. Sie würde sich von ihm nicht aus der Ruhe bringen lassen. Sie zwang ihr Gesicht in eine ausdruckslose Miene und hob eine Augenbraue. »Sie können mich ›Göre‹ und ›verwöhnt‹ nennen und mir alle möglichen Beleidigungen an den Kopf werfen, aber ich bin keine Tyrannin.« *Lügnerin. Du bist in der Vergangenheit häufig genug eine gewesen.*

Das Gesicht ihrer Halbschwester Jane erschien vor ihrem geistigen Auge, und ein merkwürdiger Druck schnürte ihr die Brust zusammen – Reue. Durch ihre Impulsivität und in dem vergeblichen Versuch, sich selbst vor dem Schmerz der Missachtung durch ihren Vater zu schützen, hatte sie sich Jane Munroe gegenüber fürchterlich benommen. Um den Kloß in ihrer Kehle loszuwerden, nahm Cara einen Schluck von dem lauwarmen, mit Wasser gemischten Wein.

Der Fremde senkte die Augenbrauen. Sie wappnete sich für eine sarkastische Bemerkung. Stattdessen verzog er den Mund und stellte seinen Krug zurück auf den Tisch. »Verzeihen Sie bitte«, sagte er leise.

Cara hob überrascht den Blick. Männer entschuldigten sich nicht. Nicht ihr herrischer Vater oder ihr aufgeblasener Bruder und ganz sicher nicht unhöfliche Fremde, die sie in einem Schankraum vor ihren eigenen Dienstboten herausforderten. Außerdem verdiente sie das nicht.

Ein weiteres Mal formte sich dieses kleine Grinsen auf seinen Lippen, dieses Mal frei von Hohn und Kälte. »Sind Sie überrascht, dass ich mich entschuldige?«

Sie starrte ihn an, und plötzlich wurde ihr bewusst, dass er mit seinen rau geschnittenen Zügen und dem zu langen kastanienbraunen Haar tatsächlich sehr attraktiv war. Sie zwang sich, sich wieder auf seine Frage zu konzentrieren, die eine Antwort verdiente.

»Allerdings«, erwiderte sie steif. »Die Menschen, die ich kenne, entschuldigen sich nicht.« Schon als die Worte ihre Lippen verließen, wusste sie, dass sie sein schlechtes Bild von ihr noch weiter untermauert hatte.

Der Mann hob seinen Krug an die Lippen. »Das ist traurig. Eine Entschuldigung, die man bekommt, ist eine Entschuldigung, die man verdient.« Er sah sie über den Rand seines Krugs hinweg an. »Unabhängig von Rang oder Status.«

Sie hätte schon taub sein müssen, um die Zurechtweisung in dieser Bemerkung zu überhören. Er musste einer von den Menschen sein, die die Aristokratie grundsätzlich verachteten.

Tatsächlich stimmte sie ihm insgeheim in dieser Einschätzung zu, da sie schließlich selbst in ihrer Mitte aufgewachsen war. Cara wandte ihre Aufmerksamkeit wieder ihrem Teller zu, beendete damit jedes weitere Gespräch von ihm über Manieren und Freundlichkeit.

»Haben Sie schon einen Bissen zu sich genommen?« Humor schwang in seiner Stimme mit.

»Das habe ich in der Tat«, schwindelte sie. Die Gabel hatte sie nicht über ihre Lippen gebracht, und sie würde die Kette mit dem Herzanhänger, die in ihrer im Schnee zurückgelassenen Truhe lag, darauf verwetten, dass er das auch wusste.

Er stützte die Ellenbogen auf den Tisch und lehnte sich vor. »Tatsächlich?« Der Mann machte dieses eine Wort zu einem ganzen Satz.

Sie hob trotzig das Kinn, nahm einen Bissen … und verschluckte sich fast.

»Dann sind Sie sehr viel mutiger als ich, Prinzessin. Ich habe bisher kein einziges Mahl hier angerührt.«

Cara würgte an ihrem Bissen und griff nach ihrer fleckigen Serviette. »Sie, Sir, sind kein Gentleman«, erklärte sie um den Stoff herum und funkelte ihn an, während er leise lachte.

»Das habe ich auch niemals behauptet, Prinzessin.«

Sie stützte ebenfalls die Ellenbogen auf den Tisch und lehnte sich vor. »Nennen Sie mich nicht Prinzessin.« Ihre Blicke trafen sich in einer stummen Auseinandersetzung, aber sie hatte so viele Jahre Erfahrung darin, gehässige Mädchen und flüsternde Bedienstete mit Blicken zum Wegsehen zu zwingen, dass sie von diesem Bären von einem Mann nicht aus der Ruhe gebracht wurde.

»Will.«

Sie blinzelte verwirrt. Was meinte er?

In seinen Augen stand widerstrebender Respekt. »Mein Name ist Will.«

Sie probierte diesen Namen aus, ließ ihn sich durch den Kopf gehen. *William* – der Name von Königen und Eroberern. Er passte zu diesem Mann, der Befehle erteilte und Unterhaltungen mit unbekannten Damen und Dienern an sich riss.

Er fuhr fort, sie über seinen Zinnkrug hinweg zu betrachten. »Und hindert Ihr Rang Sie daran, mir Ihren Namen zu nennen?«

Sie runzelte die Stirn. »Anstand und Schicklichkeit halten mich davon ab, meinen Namen herumzuerzählen.« Sobald ihr die Worte über die Lippen gekommen waren, spürte sie, wie sie errötete. Junge Damen saßen nicht in verlassenen Schankräumen und unterhielten sich mit Fremden – schon gar nicht ohne Anstandsdame oder sonstige Begleitung. Allein dadurch, dass sie mit diesem Mann sprach, hatte sie Anstand und Schicklichkeit weit hinter sich gelassen. Wills ironisches Grinsen verriet, dass er diesen Gedanken auch hatte. »Cl... Cara«, verbesserte sie sich schnell.

Will zog eine Augenbraue hoch. »Und Ihr Titel, Prinz... Cara?«

Triumph erfüllte sie, weil sie diesen kühnen Mann, der sie gepiesackt hatte, seit sie hier eingetroffen war, aus der Ruhe gebracht hatte. Er hatte erwartet, dass sie ihm ihren Titel nennen und ihn an die Regeln des Anstandes erinnern würde. Ein Kribbeln durchlief sie angesichts der Unerhörtheit dieser ganzen Unterhaltung – sie allein im Schankraum eines Gasthauses mit einem Mann. Seit dem Tod ihrer Mutter hatte sie alle Regeln befolgt, die ihr Vater und die Gesellschaft für sie vorgesehen hatten. »Welchen Sinn soll das haben, bei einem Mann, der die gute Gesellschaft so verachtet, auf der richtigen Form der Anrede zu bestehen?«

Er stutzte und warf dann den Kopf zurück. Die Wände hallten wider von seinem Gelächter, und sie zuckte zusammen, blickte sich bei diesem schockierend lauten Geräusch um. Will hob anerkennend seinen Krug. »Touché, Madam.«

Freude breitete sich warm in ihrem Bauch aus. Er dachte, sie wäre … amüsant. Niemand dachte, sie wäre irgendetwas anderes als die … nun, die Eisprinzessin, für die auch er sie gehalten hatte.

Sein Gelächter erstarb, und auch sein Lächeln verschwand. Er musterte sie, verweilte länger bei ihrem Mund.

Cara erstarrte und berührte ihre Lippen mit den Fingerspitzen. »Was ist?« Die Frage enthielt ein Zögern, das sie von sich gar nicht kannte. Sie griff nach ihrer Serviette und wischte sich damit über den Mund. »Habe ich etwas …?«

Er hielt eine kraftvolle, gebräunte Hand hoch und lenkte ihren Blick auf seine langen bloßen Finger. »Es war Ihr Lächeln.«

Sie biss sich auf die Unterlippe. »Mein …?«

»Dann wirken Sie plötzlich weicher«, sagte er leise, fast als spräche er zu sich selbst.

Plötzlich weicher. Wären diese Worte von ihrem Vater oder den Mädchen bei Mrs Belden ausgesprochen worden, wäre das voller Gehässigkeit und Hohn geschehen. Doch der tiefe Bariton dieses Mannes verwandelte es in eine sanfte Liebkosung, schöner als irgendwelche Kosenamen. Denn mit diesem einen Satz hatte er sie in ein unbekanntes Universum geschleudert, wo sie sich nach einem weiteren Hauch der Wärme sehnte, die seine Worte angedeutet hatten.

Dieses leichte Anzeichen von Schwäche vor ihm, einem Fremden, der jeden in einer Minute verhöhnte und in der nächsten betörte, erweckte wegen der Stärke ihrer Reaktion Angst in ihr. Wo die meisten zufrieden waren, ihr aus dem Weg zu gehen, versuchte dieser Mann, sie herauszufordern, und neckte sie.

Ihre Brust zog sich zusammen. Gewöhnlich wurde sie nicht geneckt. Niemand machte ihr Komplimente. Zumindest nicht aus irgendwelchen freundlichen Gründen, sondern höchstens, um sie zu kränken. Cara sah ihn suchend an. Was für ein Spiel spielte er? Verärgert, weil sie für einen Moment geglaubt hatte, dass irgendjemand sie tatsächlich um ihrer selbst willen mögen würde, presste Cara die Lippen zusammen und warf ihm einen abschätzigen Blick zu. »Sie wollen sich auf meine Kosten amüsieren, nicht wahr?«

Er öffnete den Mund. Sie gestattete nicht, dass er das freudige Flattern in ihrem Bauch erstickte, sondern sprang auf und bedachte ihn mit dem Funkeln, das zu der Eisprinzessin passte, als die er sie so gern bezeichnete. »Ich weiß nicht, was Ihnen einfällt, zu mir herüberzukommen und sich über mich lustig zu machen ...«

Er erhob sich langsam. Neben seiner überlegenen Größe fühlte sie sich winzig. »Ich mache mich nicht über Sie lustig.« Er sprach leise, als würde er eine nervöse Stute beruhigen wollen, was sie bloß noch wütender werden ließ.

Sie zeigte mit der Hand auf den nicht angerührten Teller. »Oh, und was ist mit diesem Trick, damit ich das probiere, dieses ...« Sie rümpfte die Nase. Welches verflixte Gericht auch immer der Wirt ihr aufgetischt hatte. »Essen«, beendete sie den Satz lahm.

Er blinzelte. »Nun, da habe ich mich lustig gemacht.«

Sie hob die Hand und fuchtelte ihm mit einem Finger vor dem Gesicht herum, so wie er es bei ihrem ersten Treffen getan hatte. »Vielleicht langweilen Sie sich, oder vielleicht wollen Sie sich einfach auf Kosten einer Dame einen Spaß erlauben, weil Sie alle Menschen mit vornehmer Abstammung verachten.« Sie zog die Augenbrauen wütend zu einer Linie zusammen. »Aber ich möchte es nicht und billige es auch nicht, dass man sich über mich lustig macht.«

Dann erhob sie sich mit all dem hoheitlichen Stolz, der ihr jahrelang eingedrillt worden war, schwang ihre geliehenen Röcke herum und rauschte aus dem Raum.

Kapitel 5

Später am Abend lag Will im Bett. Er wälzte sich auf seinem unbequemen Lager hin und her und starrte zu der mit Wasserflecken übersäten Decke empor. Natürlich konnte er mit Fug und Recht die klumpige Strohmatratze dafür verantwortlich machen, dass er einfach nicht einschlafen konnte. Und doch ...

Sein Blick wanderte zu der weiß gekalkten Wand. Ein leises Schniefen drang gedämpft hindurch und klang in seiner spärlich möblierten Kammer überlaut. Und doch würde er sich etwas vormachen, wenn er nicht zugäbe, dass ihm Cara, die Lady ohne Familiennamen, nicht mehr aus dem Kopf ging, seit sie mit einer Anmut, die perfekt zu einer Eisprinzessin passte, nach oben gestürmt war. Was auch schwierig wäre, da sie ja das Zimmer neben ihm bewohnte.

Er sollte dankbar sein, dass ihr beißender Kommentar seine momentane Faszination für das kleine, sehnsuchtsvolle Lächeln auf ihren geschwungenen Lippen beendet hatte, Lippen, die das Verlangen in ihm geweckt hatten, sie zu küssen. Was natürlich Wahnsinn war. Mit dem eisigen Gebaren der Dame und ihrem Interesse an gesellschaftlichem Status stand sie für alles, was er an Frauen ihrer Stellung verachtete.

Doch die Sanftheit ihrer blauen Augen und dieses bebende Lächeln auf ihren vollen Lippen hatten sie in etwas verwandelt ... eine stille, betörende Schönheit. Es hatte ein Zögern an ihr gegeben, eine Unsicherheit, die nicht zu der abweisenden, kalten Fassade passen wollte, die sie der Welt präsentierte.

Ein leises Geräusch drang an seine Ohren. Er bemühte sich, es von den Geräuschen der Nacht zu unterscheiden. Ein Schniefen. William erstarrte. Weinen. Jemand weinte. Eine junge Dame. Sein Magen zog sich zusammen. Denn obwohl er unhöfliche Frauen nicht mochte, hätte er sich eher einen Arm abgehackt, als jemanden absichtlich zu verletzen.

»V-verdammter Bastard.«

Durch die dünne Gipswand drang ihr leises Schluchzen zu ihm. Sein Inneres zog sich zusammen bei den mitleiderregenden Lauten aus dem Nebenraum. Himmel. Er hatte sie zum Weinen gebracht. Ihre früheren Anschuldigungen gegen ihn kamen ihm wieder in den Sinn. Schuldgefühle schnürten ihm die Brust zusammen. Sie hatte ihn für einen Tyrannen gehalten, und doch verriet dieses Weinen eindrucksvoller als alle Worte, wie es wirklich in ihr aussah. Er setzte sich auf, schwang die Beine über die Seite des Bettes und stellte seine nackten Füße auf den kalten Holzfußboden.

»Ich verachte Sie ...«

Er verzog das Gesicht. Genauso, wie er sich selbst verachtete. Selbst wenn die Dame ihre Bediensteten herumkommandierte, wollte er nicht, dass ihr wehgetan wurde. Dann, als wenn er ihre Tränen nur durch seine eigene Schuld heraufbeschworen hätte, erreichte ihn ein deftiger Fluch.

»Widerlicher, verlauster Halunke.«

Er erstarrte. Ein Grinsen trat auf seine Lippen, und einiges von dem Druck auf seiner Brust verschwand. Obwohl er sich vorhin über die arrogante junge Dame geärgert hatte, war ihm diese fluchende, wütende Miss doch lieber. »Hurensohn eines Hurensohnbastards.«

Sein Lächeln wurde breiter. Er kannte die Dame nicht einmal einen Abend lang, aber ihm war klar, wenn sie wüsste, dass er ihre einfallsreichen Flüche hören konnte, die einen abgebrühten Soldaten hätten erröten lassen, würde sie die Wand einreißen und ihm die Leviten lesen. Sein Lächeln verschwand. Er hatte bisher keine andere Lady getroffen, die so fluchte wie sie. Dieses Verhalten passte nicht zu dem Bild, das er sich früher am Nachmittag so gedankenlos von ihr gemacht hatte.

Er runzelte die Stirn und starrte nachdenklich die Wand an, die sie voneinander trennte. Vielleicht war tatsächlich mehr an der Dame, genau wie der Gastwirt angedeutet hatte. Er rieb sich das Kinn. Er war nie jemand gewesen, der sich vorschnell eine Meinung über eine Person bildete. Er hatte jedoch bewiesen, dass er recht gute Menschenkenntnis besaß. Das hatte sich bei seinen Reisen in ferne Länder und der Begegnung mit Menschen, die nicht seine Sprache sprachen, mehr als alles andere als wertvolle Fähigkeit erwiesen.

Sein erster Eindruck von Cara war eindeutig gewesen: egoistisch, überheblich, gefühllos.

Und doch hatten ihre Augen, als sie ihm vorhin gegenübergesessen hatte, mit einer ehrlichen Fröhlichkeit gefunkelt, die von einer ganz anderen Frau sprach. Einer Frau, die jetzt in der Zurückgezogenheit ihres Zimmers weinte.

»Verwünschter räudiger Bastard ...«

Und die fluchte wie ein betrunkener Seemann. Er konnte sich ein Lachen nicht verkneifen. Nach endlosen Minuten, in denen seine Vorfahren, seine Eltern und seine Herkunft von der Dame wortreich geschmäht worden waren, herrschte Stille. Dann ...

»Wer ist da?« Die hektische, leicht panische Note in dieser Frage konnte er auch noch in seinem Zimmer wahrnehmen.

Er blieb still, starrte weiter die dünne Wand an, die sie trennte. Nach dem indignierten Abmarsch der Lady aus dem Gastraum würde er sich ihr in etwa so gerne zu erkennen geben, wie er nackt durch die schneebedeckten Hügel laufen wollte.

Schnelle leise Schritte verrieten, dass die Dame sich durchs Zimmer bewegte. Dann erklang ein leises Klicken, das in der stillen Herberge wie ein Schuss zu hallen schien. Zur Hölle, die Dame wollte allein und ohne Anstandsdame mitten in der Nacht durch das Gasthaus wandern?

»Hallo?«, rief sie, diesmal lauter.

William verbiss sich einen Fluch und kam auf die Füße. Was, wenn nicht er der Gentleman wäre, der mit ihr die Wand teilte, sondern irgendein Taugenichts mit unehrenhaften Absichten, einer, der die Situation ausnutzen und von ihren verführerischen Lippen einen Kuss stehlen würde? Wut durchströmte ihn, während er die Entfernung zur Tür mit vier langen Schritten überwand. Mit einem leisen Knurren riss er sie auf.

Cara keuchte auf und wirbelte herum.

»Sind Sie …?« Seine Frage endete in einem langsamen Ausatmen, und er blieb wie erstarrt auf der Schwelle stehen. Er betrachtete die schlanke, grazile Gestalt, gekleidet in nicht mehr als ein etwas zu knappes Nachthemd, das ihre üppigen Brüste eng umschloss. Das Kleidungsstück endete oberhalb ihrer Knöchel und enthüllte zarte, sahneweiße Haut. Er schloss unwillkürlich die Augen. Bei Gott, sie besaß eine Schönheit, die Männer dazu verleiten konnte, Kriege anzuzetteln.

»Haben Sie über mich gelacht …?« Bei der indignierten Frage hob er die Lider wieder. »Schon wieder?« Cara stand da, die Hände in die Hüften gestemmt, mit empört blitzenden blauen Augen, und eine Welle des Verlangens durchlief ihn. Durch ihre Pose spannte sich ihr Nachthemd höchst verführerisch über ihren Brüsten.

»Über Sie gelacht?« Seine Worte klangen rau. Hatte er das? Wie könnte er jemals über jemanden wie diese Amazonenprinzessin lachen? Und noch mehr, wie konnte sie nicht ahnen, dass er wie ein grüner Junge vor ihr stand, seiner Lust hilflos ausgeliefert?

Sie warf einen Blick den Flur entlang und starrte ihn dann wieder an. Zweifel standen in ihren ausdrucksvollen Augen. »Jemand hat gelacht. Über …« Cara presste ihre fein gezeichneten Lippen aufeinander. *Über mich.*

Wieder einmal sorgte sich die Dame, dass irgendjemand sich über sie lustig machen könnte. Warum beunruhigte eine Frau, der ihrer Geburt und ihrer Schönheit wegen wahrscheinlich ganze Ballsäle zu Füßen lagen, der Gedanke, dass Leute über sie spotteten? Diese nagende Frage verdrängte den Nebel der Lust, der ihm die Sinne verwirrt hatte.

Um sich selbst zu beweisen, dass er sich nicht von einer goldhaarigen Athene aus dem Konzept bringen ließ, auch wenn sie fluchen konnte wie ein Dieb aus Seven Dials, verschränkte er die Arme und lehnte sich gegen den Türrahmen. Er war sich ihrer Zofe, die hier auf dem Stockwerk untergebracht war, sehr bewusst und senkte seine Stimme zu einem Flüstern. »Und ist die Meinung anderer so wichtig, dass Sie Ihr Zimmer in einem Gasthaus verlassen, wo Sie jede Menge möglicher Gefahren erwarten könnten?«

Ein erstes Aufblitzen von Unbehagen schimmerte in ihrem Blick. Cara leckte sich über die Lippen und sah sich beunruhigt um.

Er verengte die Augen. Offenbar hielt sie ihn für fähig, ihr ein Leid anzutun. Natürlich kannte sie ihn von lediglich zwei Begegnungen – und bei beiden hatte er sie mit höhnischer Kälte behandelt. Er bemerkte das leichte Zittern ihrer Finger, während sie sich mit den Händen über das Nachthemd strich, und verachtete sich, weil er ihr Grund gegeben hatte, Angst vor ihm zu haben.

Cara folgte seinem Blick nach unten und hielt sofort still. Alle frühere Unentschlossenheit verschwand und wurde durch eine stoische Ruhe ersetzt, die zu der Dame passte, die vorhin in das Gasthaus gerauscht gekommen war und den Dienstboten und dem Gastwirt ihre Befehle mitgeteilt hatte. Sie warf ihr Haar zurück.

»Seien Sie nicht albern. Ich habe keine Angst.« Sie musterte ihn kühl. »Und schon gar nicht vor Ihnen.«

Gott, sie war in der Tat kühn und furchtlos wie die Amazonenprinzessin, mit der er sie verglichen hatte. »Und«, sie hob ihr Kinn ein Stück, »es ist mir völlig egal, welche Meinung die Leute über mich h-haben.« Beim letzten Wort schwankte ihre Stimme leicht.

William betrachtete ihr herzförmiges Gesicht, bemerkte das hastige Heben und Senken ihrer Brust. Wusste die Dame, dass sie sie mit dieser Behauptung beide belog?

»Ach?« Er warf ihr einen vielsagenden Blick zu.

Die meisten anderen Damen hätten bei der unausgesprochenen Anschuldigung weggesehen. Cara warf den Kopf zurück und funkelte ihn streng an. Nur dass der kalte Ausdruck, den sie angenommen hatte, sofort verschwand, als der unordentliche Haarknoten sich aus den Kämmen löste, mit denen sie ihr Haar hastig hochgesteckt hatte. Ein goldener Wasserfall ergoss sich über ihre Schultern bis zu ihrer schmalen Taille. Ihre Augen weiteten sich erschreckt. »Oh, verflixt.« Die Dame machte sich hastig daran, die seidigen Strähnen mit den Fingern zu bändigen.

Er erstarrte. Sein Puls raste, und er hörte nichts anderes mehr, während er dastand, völlig fasziniert von ihr. Auf seinen Reisen hatte er mit einigen der begabtesten Kurtisanen geschlafen, schamlosen Frauen in teurer Seide, erfahren und geschickt. Keine Einzige von ihnen schien ihm auch nur annähernd so reizvoll wie diese verführerische junge Frau, die doch so viel unschuldiger war. Ohne es zu wollen, hielt sie ihn gefangen.

Einer ihrer herzförmigen Kämme rutschte ihr aus den Fingern, landete klappernd auf dem Boden und ließ ihn erschreckt zusammenzucken. Er schüttelte den Kopf, um ihn klar zu bekommen, und beugte sich vor, um den zarten, mit Rubinen besetzten Schmuckgegenstand aufzuheben, im gleichen Moment, in dem Cara sich ebenfalls bückte. Prompt stießen sie mit den Köpfen zusammen, und das rubinbesetzte Herz fiel ihr wieder aus der Hand.

»Verdammt«, murmelte sie und stolperte zur Seite.

Er richtete sich schnell auf und stützte sie, zog sie an sich. Sie standen still da, ihre Körper aneinandergepresst. Ihr Atem ging im selben abgehackten Rhythmus. Als Junge hatte man ihn früh darüber aufgeklärt, welche Gefahren es mit sich brachte, mit einer unverheirateten Dame allein zusammen zu sein. Die meisten von ihnen waren ohnehin nur an seinem Titel interessiert. In diesem Moment hätte die Lady seinen Titel und allen dazugehörenden Besitz fordern können, und er hätte sie ihr freudig überlassen. Will senkte den Kopf und vergrub seine Nase in ihren goldenen Locken. Die seidigen Strähnen waren so samtweich, wie er es erwartet hatte.

»S-Sie s-sollten n-nicht …« Sie klang so atemlos, als wäre sie ein Rennen gelaufen.

Ihr Duft verwirrte ihm die Sinne – betörendes Zitrusaroma, das ihn an Sommer und Reinheit erinnerte.

»Was sollte ich nicht?«, flüsterte er an ihrem Ohr. »Sie berühren?«

Sie schluckte nervös.

Er löste sich von ihr, und ein kleiner Protestlaut drang aus ihrer Kehle.

* * *

Hör nicht auf. Küss mich.

Diese schockierend unanständigen und sinnlichen Worte blieben unausgesprochen.

Sie war noch nie in ihrem ganzen Leben einem Mann so nah gewesen. Oder seit dem Tod ihrer Mutter überhaupt irgendjemandem. Als Eisprinzessin, als die er sie vor nicht einmal sechs Stunden bezeichnet hatte, sprachen die Leute nicht mit ihr, und sie berührten sie ganz sicher auch nicht. Während die Mädchen bei Mrs Belden aufgeregt miteinander über die ersten verbotenen Küsse geflüstert hatten, hatte sie heftiger Neid ergriffen – und der Wunsch, eine Frau zu sein, die einen Gentleman dazu brachte, sich allen Konventionen zu widersetzen.

Und jetzt, wo sie in nicht mehr als ihrem Unterkleid in den kraftvollen Armen dieses großen, männlichen Fremden stand, der sie unter kastanienbraunen Wimpern hervor betrachtete, fühlte sie sich … begehrt. Und das Gefühl, begehrt zu werden, war unglaublich verführerisch.

William ließ seinen Daumen über ihre Unterlippe gleiten, und sie öffnete leicht den Mund. »Cara *mia*«, flüsterte er. Sein Atem umgab ihre Sinne wie ein machtvolles Aphrodisiakum aus Ale und Pfefferminz. »*Sei bellissima.*«

Meine Cara, du bist wunderschön. All die verflixten Italienischstunden, die sie gehasst und auf denen ihr Vater bestanden hatte, waren jeden Moment der Langeweile wert, als William ihr diese Worte zuflüsterte und sie sie verstand.

O Gott. Sie schloss flatternd die Augen. Niemand hatte sie jemals schön genannt. Seit sie ins Pensionat geschickt worden war, war sie Ziel grausamer Bemerkungen und spöttischen Gelächters gewesen – Bemerkungen, die sie verdient hatte. Sein rauer Bariton sorgte für ein warmes Flattern in ihrem Magen, das sich durch ihren ganzen Körper ausbreitete.

Er neigte den Kopf, sodass ihre Lippen nur noch eine Haaresbreite voneinander entfernt waren, und hielt inne. Für einen endlosen, schrecklichen Moment durchströmte sie Angst, dass er sich zurückziehen könnte und sie niemals den leidenschaftlichen Kuss eines Mannes erfahren würde, der sie wegen mehr begehrte als wegen ihres Vermögens oder ihrer Stellung als Tochter eines Herzogs. So nahm sie all ihren Mut zusammen und flüsterte: »Bitte.«

Obwohl ihr dieses Wort so einfach über die Lippen kam, versteifte sie sich. Ihr wurde wieder bewusst, wer *sie* war und wer *er* war – ein Fremder, der sie wegen ihrer Abstammung verachtete. Er ließ seinen unergründlichen Blick über ihr Gesicht wandern, während die furchtbare Möglichkeit, dass dies alles ein ausgeklügelter Plan war, um sie zu beschämen, sich in ihr breitmachte.

Er legte ihr eine Hand an die Wange. »Bitte was?«

Ihr Magen zog sich zusammen. Er ließ sie betteln? Ihr Vater würde sie aus dem Haus jagen und enterben, wenn er je erführe, dass sie einen Fremden um einen Kuss angefleht hatte wie eine wollüstige Hure. Sie schloss die Augen und lehnte sich in Williams warme Hand. Ihr Herz klopfte heftig. Doch nichts war wichtiger in diesem Moment – oder jedem Moment vor diesem –, als geküsst zu werden. »Bitte, küss mich.«

Sein Körper spannte sich an ihrem, die Muskeln seiner Brust waren hart und fest. Ihre Brustspitzen richteten sich unter ihrem dünnen Nachthemd auf, und ihr rauer Atem war das einzige Geräusch. Für einen schrecklichen Moment fürchtete sie, dass er ihr die geflüsterte Bitte abschlagen würde.

Doch dann kam ihm ein Stöhnen über die Lippen, während er ihren Mund mit der Wildheit eines Mannes verzehrte, in dem derselbe Hunger brannte wie in ihr selbst. Sie wimmerte, stellte sich in ihrer Verzweiflung, ihn an sich zu spüren, auf die Zehenspitzen und schlang ihm die Arme um den Nacken.

Er ließ sich Zeit, erkundete die sanften Konturen ihres Mundes, presste die Lippen wieder und wieder auf ihre, bis ihr ein Klagelaut entwich. William zog sie näher und schluckte das Geräusch, indem er den Kuss vertiefte.

Ein Blitz purer Energie durchzuckte sie, als seine Zunge vorsichtig ihre berührte, was sich bei den immer kühner werdenden folgenden Liebkosungen verstärkte. Ihr wurden die Knie weich, und er presste sie an sich. Er hielt sie so, dass sie zwischen der dünnen Gipswand und seinem großen, breiten Körper gefangen war.

Bei alldem nahm er nie die Lippen von ihr. Er ließ seine Zunge in ihrem Mund tanzen, als wenn er ihren Geschmack kennenlernen und ihn sich bis in alle Ewigkeit einprägen wollte, genau wie es ihr mit ihm ging. Das Herz hämmerte ihr in der Brust, während sie seine Liebkosungen kühn erwiderte.

Als er sich zurückzog, stieß sie einen leisen Protestlaut aus, aber er wandte seine Aufmerksamkeit jetzt der weichen Haut ihres Halses zu. »Du machst dir Sorgen, dass ich über dich gelacht haben könnte, Cara *mia*. Aber in dem Moment, in dem du mich im Gastraum angelächelt hast, zappelte ich bereits in deinen Netzen.«

Es überlief sie heiß. Wer war dieser raue Fremde, der ihr mit solcher Leichtigkeit italienische Koseworte zuflüsterte? »Will«, stöhnte sie. Sie ließ den Kopf zurücksinken, bot sich ihm für seine Liebkosungen an. Er saugte an der empfindlichen Haut ihres Halses, und ihr stockte der Atem. Wie konnte diese Stelle so empfindlich sein und dieses wilde Verlangen in ihr wachrufen? Hitze sammelte sich in ihrer Mitte.

Ein lautes Heulen unterbrach ihr verbotenes Techtelmechtel.

Er wich einen Schritt von ihr zurück und sah schnell den glücklicherweise noch immer verlassenen Flur entlang. Der entfesselte Sturm draußen passte genau zu dem, der hier zwischen ihnen tobte. Während er sich hastig nach Eindringlingen umsah, presste Cara sich die Hände auf die Brust, um ihr wild klopfendes Herz zu beruhigen. Will kam zu ihr zurück, und das

Organ schlug unwillkürlich wieder schneller und vereitelte all ihre Bemühungen.

Würde sie so mit diesem Mann entdeckt werden, der nicht einmal von ihrem Stand war, wäre sie ruiniert. Es wäre die Art von Ruin, von der keine Lady sich je wieder erholen konnte. Die Art, die ihre Familie beschämen und sie zur gesellschaftlichen Außenseiterin abstempeln würde. Und dennoch konnte sie sich nicht von ihm lösen.

Er blickte sie einen Moment lang an, brach schließlich die Stille. »Du solltest nicht allein hier draußen sein, Cara.« Hätten seine Worte vorwurfsvoll oder höhnisch geklungen, hätte sie sich wieder in den starren Mantel der Unnahbarkeit gehüllt, den sie all diese Jahre getragen hatte. Stattdessen klangen sie rau, heiser und enthielten eine leichte Bitte. Erweckte sie auch in ihm diesen unerklärlichen Hunger?

Unter dem besitzergreifenden Blick seiner blauen Augen wurde ihr warm, und sie wollte jemandem näher sein. Nein, nicht jemandem – *ihm*. Durchs Leben gehen mit jemandem, dem sie wichtig war. Einem Mann, der ihr Lächeln durchschaute und ihre höhnischen Bemerkungen und wusste, dass sie in Wahrheit eine Frau war, die ihre Seele während der Sonntagspredigt dem Teufel verkaufen würde, wenn sie dafür nur jemanden erhielt, der sie liebte und sich um sie kümmerte. Dann kehrte die Realität zurück.

Für sie würde es keine Wärme und keine Liebe geben. Nicht in der Zukunft, die sie erwartete. Diese Zukunft, die beinhaltete, von ihrem Vater an den zukünftigen Duke of Billingsley verschachert zu werden. Dieser aufgeblasene Lord, der jetzt den Kontinent bereiste, hatte sich nicht mehr mit Cara abgegeben, seit sie ein zehnjähriges Mädchen gewesen war. Gefühle schnürten ihr die Kehle zusammen, und ein Schauer durchlief sie, der nichts mit der Eiseskälte hier auf dem Flur zu tun hatte, sondern allein mit der schlimmen Zukunft zusammenhing, die vor ihr lag.

»Cara?« Seine raue Stimme hörte sich besorgt an.

Sie atmete zitternd ein. »Sie haben recht. Ich werde in mein Zimmer zurückkehren.« Cara blieb stehen, wartete noch einen Moment. Sie hielt den Atem an in der Hoffnung, dass er sie zurückrufen würde.

Stattdessen blieb er kühl und ungerührt, war nicht mehr der Mann, der sie in seine Arme gezogen und ihr ihren ersten Kuss gegeben hatte. Sie hob das Kinn, drehte sich auf dem Absatz um und marschierte die wenigen Schritte zu ihrem Zimmer, betrat den kalten, einsamen Raum und schloss energisch die Tür hinter sich. Dann drehte sie den Schlüssel um.

Nachdem sie sich weitestgehend sicher fühlte, ließ sie die Schultern sinken, lehnte sich gegen das alte, zerkratzte Holz und schüttelte stumm den Kopf. Sie hatte immer von ihrem ersten Kuss geträumt, aber diese explosive Erfahrung war so überwältigend und magisch gewesen, dass keine Fantasie sie darauf hätte vorbereiten können.

Das leise Klicken von Wills sich schließender Tür füllte den Raum, und Cara biss sich auf die Unterlippe. Was sie vorher nicht geahnt hatte, war, dass ein einziger von Wills Küssen nie genug sein würde.

Kapitel 6

Cara hockte am Rand ihrer klumpigen Matratze, die Hände im Schoß verschränkt, und starrte auf die Holztür – so wie sie es den größten Teil des Morgens über getan hatte.

Ein Windstoß ließ die Fensterscheiben klirren, und sie erschauerte in der Zugluft, die durch die dünnen Wände des Wirtshauses drang. Sie warf einen Blick zu der vereisten Scheibe. Es sah nicht so aus, als würde der Wintersturm nachlassen wollen. Er wütete mit der gleichen Heftigkeit, die gestern Abend verhindert hatte, dass der Kutscher des Earls ihre Truhe holte. All ihre Gedanken sollten sich eigentlich um den kostbaren Anhänger drehen, das letzte Andenken an ihre Mutter, das ihr so unermesslich viel bedeutete.

Sie war nie von diesem Schmuckstück getrennt gewesen. Warum also dachte sie an etwas anderes? Nein, an *jemand* anderen. Einen ganz besonderen Jemand, der mit seiner großen Gestalt und den kräftigen Händen die Stärke eines Mannes ausstrahlte, der körperliche Arbeit verrichtete. Will. Der Fremde, der sie geküsst hatte. Sie strich sich mit den Fingerspitzen über die Lippen. Ein Fremder, der sie mit seinen wohlüberlegten Worten und seinen berechtigten

Vorwürfen treffender eingeschätzt hatte als irgendjemand anders zuvor.

Es klopfte an der Tür. »Mylady, kann ich Ihnen bei irgendetwas behilflich sein?« Die besorgte Stimme der Wirtin drang gedämpft durch die Tür, zerstreute ihre Sorgen.

»Ich brauche keine Hilfe«, rief Cara zurück, inzwischen zum fünften Mal, seit die Frau heute Morgen zuerst aufgetaucht war. Und immer noch war es eine Lüge. Sie hatte die neuen Kleidungsstücke erhalten, die grob geschneidert waren, alt und kleiner, als es für ihre Figur eigentlich nötig war. Darüber hinaus wünschte sie sich am heutigen Tag niemandes Gesellschaft außer ihrer eigenen. Denn in der Ungestörtheit ihrer Gedanken konnte sie ihre Welt wieder in Ordnung bringen – eine Welt, in der sie die frostige, selbstsüchtige Tochter eines Herzogs war und jeder diese Tatsache als wahr akzeptierte.

Sie hatte Stunden mit dem Versuch zugebracht, sich wieder zu fassen, doch vergeblich. So viele Jahre sie auch stolz auf ihre innere Stärke und Unerschütterlichkeit gewesen war, hatten sie eine vergessene Kutsche und ein Abend in dem Gasthof in dieses zögerliche, unentschlossene Geschöpf verwandelt, das sie gar nicht wiedererkannte. Und wenn sie wenigstens mit sich selbst ehrlich sein wollte, konnte sie zugeben, dass sie dieses armselige Wesen dem in Mrs Beldens Mädchenschule allseits verhassten vorzog, über das ihre Mitschülerinnen tratschten. Und das taten sie mit gutem Grund.

Ihre Halbschwester Mrs Jane Munroe drängte sich erneut in ihre Gedanken. Cara zerdrückte mit ihren Fingern den Stoff ihres geborgten blauen Kleides. Sie hatte dafür gesorgt, dass die Lehrerin entlassen wurde. Sie hatte sich eingeredet, wenn die junge Frau erst einmal nicht mehr an der Schule unterrichtete, würde sie endlich frei sein von den ständigen Erinnerungen daran, was für ein Ungeheuer ihr Vater war. Doch stattdessen hatte sie mit jenen grausamen, absichtlich vor Mrs Belden wiederholten Beschuldigungen nur bewiesen, dass sie selbst keinen Deut besser war als er.

Wieder klopfte es an der Tür, und dieses Mal war sie dankbar für die Unterbrechung. »Ja?« Einen kurzen Augenblick lang stockte ihr der Atem, weil sie hoffte, dass Will auf der anderen Seite wäre.

»Würden Sie gerne für diese Mahlzeit hinunterkommen, Mylady? Oder soll ich ein weiteres Tablett hochbringen?«

Natürlich war es nicht Will. Was sollte er vor ihrer Tür suchen? Bedauern ersetzte ihre atemlose Hoffnung.

»Mylady?«, fragte die Wirtin nach, diesmal nachdrücklicher.

»Ja.« Bei dem Beben in ihrer Stimme verzog Cara das Gesicht. Das war es, was sie geworden war. Sie ließ ihre Hand wieder in ihren Schoß sinken. »Ich werde die Mahlzeit hier auf meinem Zimmer einnehmen.«

Das leichte Schlurfen vom Flur her verriet, dass die Frau sich bewegt hatte. Allerdings ... Cara zog die Brauen zusammen. Warum verflixt noch mal sollte sie eigentlich allein hier in ihrem Zimmer essen? Zum wiederholten Male? Weil irgendein Fremder, den sie erst seit gestern kannte, ihr jegliche Vernunft geraubt hatte?

Sie straffte die Schultern. Sie würde sich nicht in ihrem Zimmer verstecken. Nicht mehr. »Einen Moment, bitte.« Mit einer Hast, die Mrs Belden zutiefst missbilligt hätte, sprang Cara vom Bett und lief durchs Zimmer. Sie riss die Tür auf und trat in den Flur. »Warten Sie!«

Die alte Frau blieb stehen und drehte sich mit einem freundlichen Lächeln zu ihr um. Cara erstarrte. Leute lächelten sie nicht an. Vor allem, weil sie ihnen wenig Grund dazu gab. *Auch wenn du insgeheim nach freundlichen Gesten hungerst.* Als sie sprach, zitterte ihre Stimme ganz leicht: »Ich werde meine Mahlzeit unten einnehmen.«

Dann warf sie in dem Versuch, die kühle Maske wieder aufzusetzen, die sie vor dem wissenden Ausdruck in den Augen der alten Wirtin beschützt hatte, den Kopf in den Nacken. »Ich muss mich unten um einige Angelegenheiten kümmern.« Was nicht völlig falsch war. Sie musste schließlich ihren geborgten Kutscher aufspüren und sich von ihm ihre Truhe besorgen lassen.

»Ausgezeichnet!« Das Lächeln der Wirtin wurde breiter, dann drehte sie sich um, ohne abzuwarten, ob Cara ihr folgen würde, und ging langsam zur Treppe und die Stufen hinunter. Da die Frau vor ihr lief, riskierte Cara einen heimlichen Blick über ihre Schulter zu der Tür neben ihrer. War Will noch immer in seinem Zimmer?

Sie schob den Gedanken energisch beiseite, sobald er ihr durch den Sinn schoss, und verzog verächtlich die Lippen. Jemand, der so unverschämt war wie Will, der sie einfach unterbrochen und ihren Dienstboten Befehle gegeben hatte, würde sich nicht verstecken. Vor allen Dingen nicht vor einer jungen Frau wie ihr. Sie krauste die Nase und folgte der Wirtin.

Und er war auch nicht der Grund, warum sie nach unten ging. Leider wusste sie, das war gelogen. Auch wenn sie sich eigentlich nur auf das Schmuckstück ihrer Mutter konzentrieren und nicht mit einem arroganten Mann befassen sollte, der glaubte, die Welt gehöre ihm, rasten ihre Gedanken und ihr Herzschlag von der Erinnerung an Will. Und da war es wieder. Dieses Gefühl, gegen das sie all die Jahre lang immun gewesen war, überkam sie, nicht nur ein, sondern jetzt schon zum zweiten Mal, seit sie in diesem heruntergekommenen Wirtshaus eingetroffen war – Reue.

Während sie die Stufen hinabstieg und in die Schankstube trat, entschied sie, wieder die Frau zu werden, die sie all diese

Jahre gewesen war – eine, die weder Gewissensbisse verspürte noch in ihrem Zimmer weinte oder sich danach sehnte, dass jemandem etwas an ihr lag, und sei es nur ein wenig.

Cara wusste, wie man das machte – sie war eine leere Hülle gewesen, seit ihre Mutter gestorben war. Sie wusste allerdings nicht, was sie mit diesem Strudel aus Empfindungen anfangen sollte, die sich in ihrer Brust zusammenballten, seit sie Mrs Beldens Schule verlassen hatte.

Ihre Füße glitten über den Holzboden, und ihr Blick schweifte suchend durch den schwach beleuchteten Raum. Im Kamin brannte ein Feuer. Obwohl es noch früh am Tag war, hüllten der draußen wütende Sturm und die dichten grauen Wolken die Landschaft in einen fahlen Schein, der kaum durch die vereisten Fensterscheiben drang.

Sie schaute sich weiter in der Stube um. Ihr Herz machte einen Satz, aber bis auf den Kutscher des Earls, der allein an einem Ecktisch saß, war niemand hier. Will war abgereist. Was sonst würde seine Abwesenheit erklären? *Welchen Grund hatte er auch, hierzubleiben? Ganz bestimmt würde er das nicht meinetwegen tun…*

Cara krümmte die Zehen in ihren Stiefeln und schaute sich erneut um. Er war fort und würde nicht mehr sein als eine Erinnerung… beinah so wie das letzte Verbindungsglied zu ihrer Mutter, das irgendwo in dieser gottverlassenen Gegend langsam im Schnee versank. Cara reckte das Kinn. Ihr Blick fiel auf den Kutscher.

Der Mann sprang auf die Füße. »Myla…«

»Haben Sie bereits meine Truhe geholt?«, unterbrach sie ihn.

Der Mann schaute sich suchend um, dann legte er sich eine Hand auf die Brust.

Cara nickte knapp. Was glaubte er wohl, mit wem sie redete? Oder vielleicht war es auch mehr so, dass er sich *wünschte*, sie würde mit jemand anders als mit ihm sprechen.

»Äh ...« Er deutete mit einem bebenden Finger zur Eingangstür des Wirtshauses. »Es schneit immer noch, Mylady.«

Ihren früheren Vorsatz beherzigend, die kühle Tochter des Herzogs zu sein, lächelte Cara herablassend. »Ach ja?« Sie ließ einen verwunderten Ton in ihre Stimme einfließen. Der Wind rüttelte an den Fenstern. »Wer hätte das gedacht?«

Der Kutscher wurde blass.

Bedauerlicherweise hatte man ihr noch nie Humor bescheinigt oder die Fähigkeit, anderen ein Lächeln zu entlocken.

Es versetzte ihr einen Stich. War dies die Wirkung, die sie auf alle Menschen hatte? Selbst jene, die sie nur wenige Stunden kannten, und in diesem Fall selbst das im Grunde genommen nicht, wenn man bedachte, dass er den Großteil dieser Zeit auf dem Kutschbock gesessen hatte und sie in der Enge des Landauers des Earls.

Sie schüttelte ihre Röcke aus und ging auf den Bediensteten zu, als ihr wieder Wills Vorhaltungen einfielen und ihr Gewissensbisse bescherten. *Sie würden* jemanden in dieses gottverdammte Wetter hinausjagen, nur für Ihre belanglosen Sachen ...

War es ein Wunder, dass er nicht mehr als einen Kuss von ihr gewollt hatte und dann aus ihrem Leben verschwunden war?

Sie erstarrte mitten im Schritt. Das Feuer knisterte und zischte laut, immer wieder unterbrochen durch leises Klirren, wenn Hagel gegen die Fenster gedrückt wurde. Cara schob das Kinn vor. Will hielt sie für eine dieser hochmütigen, selbstsüchtigen jungen Damen, aber war sie in den vergangenen elf Jahren nicht auch genau so durchs Leben gegangen?

Sie blieb weiter reglos stehen, war sich bewusst, dass die Wirtin und der Kutscher sie beunruhigt musterten. Doch sie konnte jetzt ebenso wenig reden oder sich rühren, wie sie ihrem Vater den Titel aberkennen und sich selbst zum Herzog ernennen konnte.

Seit dem Tod ihrer Mutter hatte sie versucht, die Zuneigung ihres Vaters zu erringen, genau das zu werden, was er von ihr als Tochter eines Herzogs erwartete. Sie hatte jegliche Lebendigkeit und alle Hinweise auf Gefühle in sich unterdrückt, um die perfekte, makellose junge Dame zu werden, die nie irgendwelche Regeln brach. Angefangen bei der Farbe und dem Stoff ihrer Kleider bis hin zu dem geübten Lächeln auf ihren Lippen hatte sie der Welt das geboten, was sie sehen wollte.

»Mylady?«, flüsterte die Wirtin und machte einen vorsichtigen Schritt nach vorn.

Cara juckte es förmlich in den Fingern, so dringend wünschte sie sich mit einem Mal, die erstickenden Erwartungen der Gesellschaft abzuschütteln. Verflixt noch mal, sie würde dafür sorgen, dass dieser Fremde, der sich so einfach auf einem Gasthauskorridor Küsse stahl, nicht recht behielt. Nicht in dieser Hinsicht.

»I-ich kümmere mich um Ihre Truhe, Mylady.« Der Kutscher griff nach seinem Hut, der auf dem leeren Stuhl neben ihm lag, setzte ihn sich auf den Kopf und machte sich auf den Weg zur Tür.

Langsam richtete sie sich auf, straffte die Schultern. »Nein.«

Es dauerte einen Moment, bis das Wort zu ihm durchgedrungen war, aber dann blieb er langsam stehen. Er starrte sie verwundert an und zog an seinem Kragen, wippte auf seinen Füßen vor und zurück.

»Das wird nicht nötig sein«, erklärte sie mit freundlicher Stimme.

Überraschung blitzte in seinen Augen auf, dicht gefolgt von Erleichterung. Sie spähte zum Fenster, hinter dem der Sturm weiter wütete. Cara verzog den Mund. Sie würde sich von einem dämlichen Schneesturm nicht einschüchtern lassen.

»Sind Sie sicher, Mylady?«, erkundigte sich der Kutscher zögernd, spielte nervös mit der Krempe seines Hutes. In seinen Augen stand ein misstrauischer Ausdruck, als fürchtete er, mit dem Fuß in einer Schlinge zu stecken.

»Ganz sicher«, antwortete sie steif. Sie brauchte niemandes Hilfe, um sich ihre Sachen zu holen. Damit wirbelte sie mit raschelnden Röcken herum und marschierte nach oben in ihr Zimmer, wo sie sich vor den grob gezimmerten Schrank stellte. »Ich denke also nur an mich selbst«, murmelte sie und zerrte ihren zerknitterten Umhang hervor. Sie hüllte sich in das Kleidungsstück und schloss die Häkchen vorn.

Wütend stampfte sie aus dem Zimmer, den Flur entlang und kehrte nach unten in die Gaststube zurück, doch der Kutscher war fort. Vermutlich hatte er sich aus Furcht zurückgezogen, dass sie zurückkommen und etwas anderes von ihm wollen würde, zu dessen Erledigung er hinaus in den Sturm müsste. Sie schaute sich flüchtig nach einem bestimmten anderen Mann um. Ihr Herz sank, als sie ihn immer noch nicht finden konnte.

Es ist völlig gleichgültig, dass ich ihn nicht wiedersehen werde. Es ist völlig gleichgültig, dass er nur in meiner Erinnerung leben wird, als der Mann, der mir meinen ersten Kuss gegeben hat – und ein Mann, der sich keinen Deut um meinen Status als Tochter eines Herzogs schert, ein Mann, der mich auf Schritt und Tritt herausfordert …

Ohne sich weiter um die entsetzten Blicke des alten Wirtspaares zu kümmern, ging sie zur Tür und öffnete sie. Die eisige Kälte, die ihr entgegenschlug, raubte ihr den Atem, ließ sie kurz innehalten. Der Wind wehte ihr Schneeflocken ins Gesicht. Cara wischte sie sich von den Wangen. Sie atmete einmal tief durch und trat hinaus, zog die Tür hinter sich zu.

Entschlossen wickelte sie sich fester in ihren Umhang. »Ich habe vor nicht mal einem Tag den Weg hierher gefunden, ich schaffe das ganz bestimmt noch einmal.« Der tosende Wind riss ihr die geflüsterten Worte sofort von den Lippen.

Und dann ging sie los.

* * *

Will stand am Fenster, die Hände hinter dem Rücken verschränkt. Er starrte hinaus in die wirbelnden Flocken – der Sturm hatte noch nicht merklich nachgelassen. Die Heftigkeit, mit der die Windböen an den Scheiben rüttelten, und der dicht bewölkte grauweiße Himmel passten zu seiner Stimmung. Und während er die Wärme der karibischen Sonne zuvor schmerzlich vermisst hatte, hieß er nun die Kälte willkommen.

Er wurde daheim erwartet. Es war unausweichlich und war das auch immer gewesen. Er musste in die Welt des Hochadels zurückkehren und in die Rolle des Erben schlüpfen, der sich um seine zukünftigen Verpflichtungen als Herzog kümmerte. Und mehr noch … Es war an der Zeit, dass er heiratete. Doch die Frau, die seine Gedanken beschäftigte, war nicht die Braut, die seine Eltern für ihn ausgewählt hatten, sondern eine andere – eine junge Dame, die heimlich weinte und so fantasievoll fluchte, dass mancher Fuhrmann sie darum beneidet hätte.

Eine Frau, die er für eine Eisprinzessin gehalten hatte. *Cara.*

Er rieb sich mit einer Hand übers Gesicht. Die Vorhaltungen, die er ihr gestern gemacht hatte, schienen ihn jetzt zu verspotten. Denn in der Stille des Gasthofes gestern Abend, während die Welt um ihn herum schlief und der Sturm über die Landschaft fegte, hätte Cara mit der Hitze ihrer zarten Lippen und der geflüsterten Zärtlichkeiten auch den härtesten Winter schmelzen lassen können.

Er stieß einen Fluch aus, wie ihn auch die junge Dame in der Ungestörtheit ihrer Gemächer hätte von sich geben können. Trotz all der Jahre, in denen er gereist war, und all der Frauen, die er geküsst hatte, hatte sich doch keine auf diese Art in seine Gedanken gestohlen und dort festgesetzt. Vielleicht war in seinem Leben bisher kein Raum für gefühlsmäßige Verstrickungen gewesen. Vor allem, da es da diese junge Dame gab, die er nach dem Willen seiner Eltern heiraten sollte.

Doch nach nur wenigen Begegnungen mit der jungen Frau, die er zunächst für ebenso gefühllos und unfreundlich gehalten hatte, wie seine zukünftige Verlobte es allem Anschein nach war, musste er einräumen, es war sehr gut möglich, dass mehr an ihr dran war, wie es die Wirtin angedeutet hatte.

Auch wenn sie auf den ersten Blick eine unleidliche junge Dame gewesen war, die ihre Dienstboten schikanierte. *Ich habe nicht das Recht, mehr über sie herauszufinden, zu erfahren, wie sie wirklich ist ...* Denn nichts Gutes konnte jemals daraus erwachsen, mehr über Cara zu wissen, die sich geweigert hatte, ihm auch nur ihren Nachnamen anzuvertrauen. Ein anderes Leben wartete auf ihn. Genau wie auf sie.

Will ballte seine Hände hinter seinem Rücken zu Fäusten. Sein Vater hatte ihn viel nachsichtiger behandelt, als jeder andere Herzog es mit seinem Sohn getan hätte, hatte ihm seine Streifzüge rund um den Erdball erlaubt. Wie viel von dieser Nachsicht beruhte auf Schuldgefühlen wegen der nicht besiegelten, aber viel beschworenen Übereinkunft, dass er die Tochter des Duke of Ravenscourt zur Gattin nahm?

Ihm selbst war die Aussicht, eine Verbindung mit dieser Frau einzugehen, schon lange zuwider. Auch wenn er nicht viel auf Klatsch gab, war es schwer, die geflüsterten Gerüchte zu ignorieren, die über seine zukünftige Ehefrau im Umlauf waren. Und diese Gerüchte über ihren Charakter waren durch die Worte seines eigenen Vaters bestätigt worden. Doch wegen ihrer engen Freundschaft mit Lady Clarisse Falcots verstorbener Mutter würde seine eigene ihn bitten, eine Frau zu heiraten, die kalt, gefühllos und berechnend war.

Er schnaubte abfällig. Seine Mutter hatte schon immer in allen nur das Gute gesehen. Er schüttelte den Kopf. Die Vorwürfe gegen die Dame, die von ihrer eigenen Patentante gekommen waren, noch bevor sie ihr Debüt gehabt hatte, waren kaum als Vorzüge für eine zukünftige Braut anzusehen. Zwei Tage lang hatte er keinen Gedanken an das düstere Leben, das ihm bevorstand, verschwendet, sondern vielmehr an die scharfzüngige junge Frau gedacht, die ihn im einen Moment herausforderte und im anderen wie ein verwundetes Reh anschaute, was einen Mann in den Wahnsinn treiben konnte.

Denn einzig Wahnsinn vermochte das Verlangen zu erklären, das er für Cara verspürte. In der Fensterscheibe spiegelten sich seine fertig gepackten Satteltaschen wie eine spöttische Erinnerung. Und der gleiche Wahnsinn verlangte, dass er aufbrach, Schneesturm hin oder her. Bis zum Landsitz seines Vaters waren es zwanzig Meilen, und der Ritt würde langsam und beschwerlich werden, aber durchaus möglich. Er seufzte. Ein Mann, der mitten im Winter durch Neuschottland gewandert war, würde gewiss zwanzig Meilen zu Pferde schaffen. Je länger er hier bei ihr blieb, desto mehr wurde seine Welt infrage gestellt.

Es war Zeit, zu gehen.

Ein energisches Klopfen an seiner Tür drang in seine Gedanken. Mit gerunzelter Stirn ging Will hin und zog sie auf. Der Wirt stand da und rang die Hände. Sorge umschattete seine alten Augen. Wills Magen zog sich zusammen, und eine ungute Vorahnung beschlich ihn. »Was ist los?«, wollte er wissen, als der Mann nichts sagte.

»Es ist die junge Dame«, antwortete der andere, und jetzt sprach er so schnell, dass sich seine Worte beinahe überschlugen. »Sie ist rausgegangen.«

Will legte den Kopf zur Seite. Himmel, er war erst sechsundzwanzig – da konnte er ja wohl nicht unter Schwerhörigkeit leiden, aber dennoch hatte es sich so angehört, als hätte der Mann gesagt ...

»In den Schneesturm, Mylord. Sie ist rausgelaufen in den Sturm. Und meine Frau hat mich gedrängt, Sie zu holen, weil ihr Kutscher fort ist und sich vermutlich vor ihr versteckt, und ich wusste, Sie könnten sie vermutlich viel leichter zurückbringen als ich ...«

Das Gebäude erbebte unter einer neuen Sturmböe, und William lief los. Während der alte Mann immer noch weiterredete, hastete er um ihn herum. Er biss die Zähne zusammen, während er durch den schmalen Korridor rannte. Die Holzdielen ächzten und stöhnten protestierend, als er die Stufen hinunter- und zur Tür stürmte. Er riss sie mit solcher Wucht auf, dass der Rahmen wackelte. Schnee wehte ihm in die Augen und blendete ihn vorübergehend. Er warf die Tür hinter sich zu.

Furcht rang mit Erbitterung in seiner Brust, und seine Verärgerung über sie wuchs. Während er durch den Schnee stapfte, der mehr als einen Fuß hoch lag, regte sich Panik in ihm. Im Geiste verfluchte er die Verwehungen, die sein Vorankommen behinderten. Das törichte junge Ding. Was verdammt noch mal dachte sie sich nur? Hatte sie noch nicht mal so viel Vernunft wie eine Ameise?

Er ging in die Hocke, und sofort drang der Schnee durch den Stoff seiner Hose. Es schnürte ihm die Brust zusammen. Was für einen Schutz vor den Elementen hatte sie eigentlich? Vermutlich nur ihren Umhang und irgendein viel zu dünnes Kleid, das sie sich von der Wirtin geliehen hatte. Er fuhr mit seiner behandschuhten Hand über den kleinen Stiefelabdruck auf dem Boden vor ihm. Dann hob er den Blick und folgte mit den Augen der Spur, so weit er das in dem Schneegestöber konnte. Er richtete sich wieder auf und setzte sich in Bewegung, immer den Fußabdrücken hinterher, die nur der kleinen Närrin gehören konnten.

Was hatte sie eigentlich überhaupt hier draußen zu suchen?

Er blieb jäh stehen und kniff die Augen zu schmalen Schlitzen zusammen. »Ihre Reisetruhe«, zischte er. Will fluchte erneut und marschierte entschlossen weiter. Wut verdrängte seine frühere Furcht, was auch ein viel besseres, da sichereres Gefühl war. Während er zur Straße weiterlief, wäre er bereit gewesen, seinen zukünftigen Titel darauf zu verwetten, dass er wusste, wo Cara hingegangen war.

Als er kurz darauf auf eine Lichtung kam, tauchten vor ihm wie erwartet die Umrisse ihrer Kutsche auf. Die Türen standen offen und klapperten im Wind. Cara stand in der Öffnung und versuchte, mit ihren behandschuhten Fingern die schwarze Reisetruhe zu erreichen, die auf das Dach geschnallt war. Ein roter Schleier legte sich vor seine Augen. Das hier war es, wofür sie Leib und Leben riskierte?

»Was zur Hölle tust du da?«, brüllte er in den Wind.

Cara entfuhr ein spitzer Schrei. Sie verlor den Halt und wedelte mit den Armen, bevor sie rückwärts in eine Schneewehe fiel. Dabei verrutschte ihr der Hut und segelte geräuschlos neben sie.

»Cara!« Furcht ließ seine Stimme rauer klingen. Aller Ärger war vergessen, und er lief den Rest des Weges zur Kutsche, so schnell er konnte, fluchte wieder über den hohen Schnee, der ihn behinderte.

Er kam bei ihr an. William wappnete sich gegen die Vorwürfe in den Augen der jungen Frau und ihren Zorn darüber, dass sie so würdelos im kalten Schnee gelandet war. Stattdessen grinste sie breit. Die grenzenlose Freude auf ihrem Gesicht beraubte ihn der Fähigkeit, klar zu denken. Er stand einfach da und konnte sich nicht von ihr losreißen.

Sie lag da, die blonden Locken fächerförmig um ihren Kopf ausgebreitet, und ihre blauen Röcke leuchteten in der sonst farblosen Landschaft. Schnee hing in ihren dunkelgoldenen Augenbrauen, doch bis auf die gerötete Nasenspitze hätte sie in der Tat sehr wohl eine Eisprinzessin sein können, wie er es ihr unterstellt hatte – so feenhaft und bezaubernd, dass es ihm schier den Atem aus den Lungen presste.

Ihre Blicke verfingen sich.

»D-du hast m-mich e-erschreckt.« Alle Versuche, gelassen zu klingen, wurden durch das laute Klappern ihrer ebenmäßigen, perlweißen Zähne zunichtegemacht.

Das holte ihn aus seiner Versunkenheit. Er fluchte. »Was zur Hölle tust du überhaupt hier draußen?«

Sie öffnete den Mund, schloss ihn aber sofort wieder, als er sich bückte und sie hochhob. Obwohl ihrer beider Kleidung feucht war, durchströmte ihn Hitze, als ihre Brust dabei gegen seine gedrückt wurde. Verwirrt von dieser unerklärlichen Anziehung fluchte er erneut. »Bist du so besessen von dieser verflixten Reisetruhe, dass du dein närrisches Leben dafür aufs Spiel setzt?« Er stellte sie ab, und sie versank bis zu den Knöcheln im Schnee.

Cara nickte. »Ja.« Sie zerrte den Saum ihres Rockes hoch.

Eisige Schneeflocken trafen Will im Gesicht, schmerzten auf der Haut. Er ignorierte diese Unannehmlichkeit. »Ja?«, wiederholte er erbost. Enttäuschung und Zorn erfüllten ihn. Es störte ihn sehr, dass sie sich einmal mehr als eine Frau erwiesen hatte, der die unwichtigen Sachen oben auf der Kutsche mehr bedeuteten als ihr Leben.

Sie nickte erneut. »J-ja.« Wenn das Zittern in ihrer Stimme hieß, dass ihr sein plötzliches Schweigen unbehaglich war, wäre er ein wenig versöhnt. Nur drehte sie sich im Schnee um und deutete zum Dach der schwarz lackierten Kutsche. »Da du ohnehin hier bist, wärst du wohl so freundlich, mir die Reisetruhe herunterzureichen?«

Will kniff die Augen zusammen. Sie hatte eindeutig den Verstand verloren.

Kapitel 7

Will war nicht erfreut. Während sie zitternd im Schnee stand und der Wind durch ihren dünnen Umhang wehte, betrachtete Cara den Muskel, der außen an seinem rechten Auge zuckte. Sie zupfte nervös an ihren Röcken, hüllte sich fester in den durchweichten Umhang. Nein, der Mann war wesentlich mehr als bloß das. Sie war erst einmal zuvor Zeuge solcher Enttäuschung und Wut gewesen – an dem Tag, an dem sie dafür gesorgt hatte, dass ihre Halbschwester aus Mrs Beldens Diensten entlassen wurde. Mrs Munroe hatte sie mit einem ähnlichen Ausdruck angeschaut.

Sie legte den Kopf schief. Damals hatte sie ohne jeden Zweifel gewusst, was ihr diesen Blick eingetragen hatte. Doch bei Will konnte sie sich die schmalen Lippen und seine unübersehbare Erbitterung nicht erklären. Sie riss die Augen auf. Natürlich! Er erwartete ganz offensichtlich mehr Höflichkeit von ihr. »B-bitte«, fügte sie rasch hinzu.

Er runzelte verwirrt die Stirn.

Hm. Das war offenbar noch nicht genug. Sie nickte. »Würdest du mir bitte helfen, meine Reisetruhe herunterzuheben?«

Will beugte sich vor, sodass sein Gesicht dicht vor ihrem war, nur wenige Zentimeter Luft zwischen ihnen, und ihre Lippen prickelten, als sie an den Kuss gestern denken musste. »Glaubst du wirklich, ich ärgere mich über schlechte Manieren?«

Angesichts der harsch hervorgestoßenen Worte nahm sie an, dass das eher nicht der Fall war. Ein weiterer Windstoß traf sie, peitschte ihr den Stoff ihres Umhangs und ihres Kleides gegen die Beine. »Du ärgerst dich über etwas anderes?« Sie zitterte, und die Winterkälte drang durch die momentane Wärme, die seine Nähe bot.

Ein unheilvolles Brummen stieg aus der Kehle dieses plötzlich wieder Fremden. Cara machte mehrere unsichere Schritte rückwärts und stolperte in ihrer Hast, von ihm wegzukommen, über ihre eigenen Füße. Sie schnappte nach Luft und streckte die Arme aus, um ihr Gleichgewicht wiederzufinden. Er allerdings ging einfach an ihr vorbei, schwang sich mühelos auf den Kutschbock und hob ihre Reisetruhe vom Dach.

Sie landete mit einem gedämpften Geräusch im Schnee.

Gefühle wallten in ihrer Brust auf. Ohne sich um die Kälte zu kümmern, eilte sie hin und kniete sich davor. Ihre Finger, taub von der Kälte, zitterten, und sie verfluchte sie, weil sie sich kaum bewegen ließen.

»Warte«, schaltete sich Will barsch ein, beugte sich vor und öffnete ohne Schwierigkeiten die Schnalle. »Da«, erklärte er und deutete wütend auf die Truhe. »Hol raus, was immer dir so wichtig ist, Prinzessin.«

Sie zögerte, und mit dem letzten Spottnamen verwandelte er sie wieder in das gefühlskalte Geschöpf, für das er sie hielt ... Und das mit gutem Grund. Die frostige junge Dame, zu der man sie nach dem Tod ihrer Mutter erzogen hatte, war der Mensch, der sie wirklich war.

Mit dieser ärgerlichen Wahrheit im Sinn tastete sie unter dem ganzen Stoff nach dem Beutel. Wo zur Hölle war es? Ihr Herz begann vor Panik schneller zu schlagen, als sie nach dem Anhänger suchte. Dann fand sie ihn und sandte ein Dankgebet zum Himmel. Mit bebenden Fingern zog sie die Kette hervor. Den Rubin anzuschauen, ein leuchtend rotes Zeichen der Trauer in der weißen Winterlandschaft, war schmerzlich.

»Ah, darum also hast du dein Leben riskiert.« Williams Worte holten sie so abrupt zurück in die Gegenwart, dass sie unwillkürlich zusammenschrak.

Sie verzog das Gesicht. Wenn er auch vorher mit dem Urteil, das er vorschnell über sie gefällt hatte, richtiggelegen hatte, hierbei irrte er. Er sah in ihr nicht mehr als ein junges Ding, das sich nur für Schmuck interessierte.

William hielt ihr eine Hand hin und erstickte so ihren Einwand. »Komm«, verlangte er rau.

Wortlos legte sie eine Hand um seinen Arm und schloss die andere um das letzte Geschenk, das sie je erhalten hatte. Langsam machten sie sich auf den Rückweg.

Caras Atem ging schnell, wirbelte die Schneeflocken in der Winterluft durcheinander, während sie sich bemühte, ihren Fuß aus dem feuchten Schnee zu befreien und einen weiteren Schritt zu tun. Ohne Zweifel würde Will die Strecke rennen können, ohne auch nur einmal innezuhalten und nach Luft zu schnappen, dennoch blieb er an ihrer Seite – bei einer Frau, für die er, wenn man seinen Gesichtsausdruck richtig deutete, nur Verachtung übrig hatte.

Sie kamen aus dem Wacholderhain, und das Gasthaus tauchte vor ihnen auf. »Warum?«

Cara tat nicht so, als würde sie ihn nicht verstehen. »Ich bin gierig, Will«, sagte sie und gab ihm damit die erwartete Antwort. Sie lehnte sich gegen ihn in dem vergeblichen Versuch, etwas von seiner Körperwärme abzubekommen. »Ich ... ich konnte die ganze Nacht nicht schlafen aus Angst um meine kostbaren Diamanten.«

Schmerz bohrte sich in ihr Herz. So wenig also hielt er von ihr. Und warum auch nicht? Schließlich hatte sie sich ja mit ihrem Befehl an den Kutscher als genau so erwiesen. Die Welt sah jemanden so, wie man durch eine vereiste Scheibe erscheinen mochte – verschwommen und unscharf, irgendwie verzerrt.

Er blieb jäh stehen, und auch sie hielt an. »Es war ein Rubin.« Das war ihm immerhin aufgefallen. Sie umklammerte den Herzanhänger fester. Die Kanten des Edelsteins bohrten sich schmerzhaft durch den Stoff ihres Handschuhs. »Und da waren noch andere Juwelen und eine Truhe mit Samt und Seide.«

Alles Sachen, für die ihr Vater bezahlt hatte. Sie hasste jedes einzelne Ding, das auf irgendeine Weise mit dem Mann zusammenhing – sie selbst eingeschlossen.

Sie schaute Will direkt an. Sein Gesicht hätte genauso gut eine Maske sein können, die er aufgesetzt hatte, so wenig konnte sie in seiner Miene lesen. »Es war …«, begann sie, korrigierte sich aber gleich. »Es ist ein Rubin.«

Er durchbohrte sie mit seinem Blick, und es war, als könne er bis auf den Grund ihrer Seele sehen. Niemand hatte sie je so angesehen. Niemand. Es entblößte sie und machte sie verletzlich, füllte sie mit einem Wirrwarr aus Empfindungen, die sie nicht kannte und mit denen sie nichts anzufangen wusste. Ihre Füße zuckten unter dem Drang, die Flucht zu ergreifen. Sie trat einen hastigen Schritt zur Seite, wollte um ihn herumgehen.

Doch Will verstellte ihr den Weg, verhinderte ihr Entkommen. Für jemanden von seiner beeindruckenden Größe bewegte er sich wirklich erstaunlich behände. Cara schlang die Arme schützend um sich, hoffte, er würde diese verräterische Geste als einen Versuch deuten, sich zu wärmen.

»Warum?«, wollte er ruhig wissen.

Wieso fragte er danach? Sah er einen Anflug der Person, die sie früher mal gewesen war und die sie sich mit dem winzigen Rest ihrer Seele erneut zu sein wünschte? Jemand, der etwas fühlte, der liebte und sich danach sehnte, geliebt zu werden? Sie biss sich auf die Innenseite ihrer Wange.

»Warum ist das wichtig?«, flüsterte sie heiser.

Er streichelte ihr die Wange. Cara wäre am liebsten zurückgezuckt und hätte seine zärtliche Berührung abgeschüttelt, denn mit dieser Liebkosung drohte er die sorgsam konstruierten Schutzwälle, die sie um ihr Herz errichtet hatte, einzureißen.

»Es ist wichtig.« Diese leise Antwort rumpelte in seiner Brust.

O Gott. Vielleicht war der kleine Teil ihrer Seele, der sich nach Wärme verzehrte, doch viel stärker als der Rest von ihr, weil sie sich so sehr danach sehnte, dass er sie weiter derart zart berührte.

Nach dem Tod ihrer Mutter hatte sich Cara ganz in sich selbst zurückgezogen. Wie gefährlich es war, etwas Persönliches zu teilen, war ihr brutal klargemacht worden, als ihr eigener Vater sie brüsk abgewiesen hatte.

»Warum?« Sie antwortete mit der Gegenfrage. Ihr Verstand kämpfte gegen das Verlangen, Will Einzelheiten über ihre Vergangenheit anzuvertrauen, und dazu gehörten auch diese Teile ihrer unseligen Lebensgeschichte.

Einen endlosen Moment lang rechnete sie damit, dass er ihre Gegenfrage einfach ignorieren würde.

Aber dann ließ er diesen durchdringenden Blick über ihr Gesicht gleiten und verweilte bei ihren Augen. »Ich dachte, du wärst selbstsüchtig.«

Bitterkeit breitete sich in ihr aus. »Das bin ich.« Das waren die wahrsten Worte, die sie seit dem Tod ihrer Mutter zu einem anderen Menschen gesagt hatte.

Will senkte den Kopf, bis ihre Stirnen sich berührten. Ihr Atem mischte sich, und die weißen Wölkchen vor ihren Mündern vereinten sich zu einer. »Weißt du, was ich glaube, Cara *mia*?«

Cara stand reglos, als wäre sie so festgefroren wie die Eiszapfen an dem hölzernen Schild des Gasthofes. Sie konnte noch nicht einmal nicken. »Was?« Das Wort war nicht mehr als ein atemloses Wispern.

»Ich glaube, dass sich mehr hinter dir verbirgt, als du anderen Menschen zeigst.«

Wie konnte dieser Mann so viel verstehen? Der Teil von ihr, der Jahre damit verbracht hatte, andere Menschen auszusperren, wollte ihn verletzen, weil er sie durchschaut hatte. Doch zum ersten Mal in mehr Jahren, als sie zurückdenken konnte, kam ihr keine beißende Zurechtweisung über die Lippen.

»Was siehst du?«, flüsterte sie, sehnte sich danach, es zu erfahren, und mehr noch, die Person zu sein, für die er sie hielt.

»Ich sehe eine Frau, die es liebt, zu lächeln, die sich jedoch davor fürchtet, es zu tun.«

Mit seinen Worten traf er sie ins Herz und entfachte in diesem erkalteten Organ ein Feuer, dessen herrliche Hitze in andere Teile ihres viel zu lange in Eis erstarrten Wesens strömte. »Ich sehe eine Frau, die sich so sehr davor fürchtet, Zielscheibe des Klatsches zu werden, dass sie der Welt eine leere, wenig liebenswerte Fassade zeigt.«

Er strich ihr mit einem Daumen über die Unterlippe. Wie aus eigenem Antrieb flatterten ihre Lider mit den dichten Wimpern, und dann, nach einem tiefen Atemzug, ließ sie ihn ein. »Es gehörte meiner Mutter.«

* * *

William erstarrte, sein Daumen lag noch immer auf Caras voller Unterlippe.

Es gehörte meiner Mutter.

Nicht »gehört«. Sondern »gehörte«. Es versetzte ihm einen Stich, so wie auch die Trauer in ihren ausdrucksvollen Augen. Ihre Entschlossenheit und Hartnäckigkeit dabei, an ihre Reisetruhe zu kommen, ergab endlich Sinn. Als würde die Stille zwischen ihnen sie nervös machen, trat sie zurück.

Sie öffnete ihre kleine Hand. Der leuchtend rote Edelstein hob sich lebhaft von dem hellen Ziegenleder ihrer Handschuhe ab. »Der Verschluss ist kaputt.« Um das zu zeigen, berührte Cara die ineinandergreifenden, aber deutlich verbogenen Häkchen aus Metall. Er betrachtete ihren darübergebeugten Kopf. »Es gehörte meiner Mutter«, wiederholte sie, so leise, dass der Wind ihre Worte beinah komplett mit sich riss. »Sie ist gestorben, als ich sieben war.«

Bei dem leisen Zittern ihrer Finger, dem Beweis ihres Kummers, verspürte er einen Druck auf der Brust, der es ihm schwer machte, zu atmen. Wie konnte diese Frau, eine bloße Fremde noch vor zwei Tagen, die er zudem bei ihrer ersten Begegnung nicht wirklich hatte leiden können, diesen dumpfen Schmerz bei ihm hervorrufen, als wäre ihr Leid seins?

Ihre Augen blickten in die Ferne, und das traurige kleine Lächeln auf ihren Lippen verriet, dass Cara in Gedanken in der Zeit war, als sie glücklich gewesen war. »Mein Vater hat darauf bestanden, dass ich ausschließlich Diamanten trage.« Sie schüttelte den Kopf. »Dabei mag ich sie nicht mal. Ich kann einfach nicht verstehen, warum irgendjemand solch farblose Edelsteine tragen wollen sollte. Nicht, wo es doch so viel farbenfrohere und interessantere gibt.«

Der Wind zerrte an den Bändern ihres Hutes und wehte ihn nach hinten. Ohne die Kette loszulassen, versuchte sie, ihn sich wieder aufzusetzen. William griff danach.

Cara wich zurück. »Was tust du da?« Sie musterte ihn argwöhnisch.

Ohne ihr weiter Beachtung zu schenken, löste er die langen roten Bänder und hob die Samtschute an. Dann setzte er sie ihr wieder auf den goldblonden Lockenschopf. Mit von der Kälte steifen Fingern band er ihr unter dem Kinn eine Schleife.

»D-danke.« Stammte das Beben von Caras Antwort von seiner Berührung oder von der winterlichen Kälte?

Die Regeln des Anstands schellten ihm in den Ohren, drängten ihn zum ersten Mal, seit er diesen Gasthof betreten hatte, sofort kehrtzumachen, Cara sicher zurückzubringen und dann, so schnell ihn sein Pferd trug, von hier fortzukommen.

»Woher hatte deine Mutter den Rubin?«, erkundigte er sich stattdessen beinahe barsch. Wie viel einfacher war es gewesen, als sie nicht mehr gewesen war als eine selbstsüchtige, materialistische junge Frau, der ihre persönlichen Sachen wichtiger waren als das Leben ihrer Diener?

»Vor ihr hat er ihrer Mutter gehört«, antwortete sie so sachlich, dass er unwillkürlich lächeln musste. »Meine Mutter hat gesagt, ich solle ihn tragen und stets daran denken, dass farbenfroh zu sein immer schöner ist, als ...« Sie sprach nicht weiter und schaute an ihm vorbei.

William nahm ihre Hand in seine und hob sie. »Als was, Cara?«

Sie öffnete die Hand, zeigte ihm das geliebte Schmuckstück. Er schaute auf das tiefrote Herz. »Als völlig farblos zu sein und keinerlei Empfindungen in anderen zu wecken.«

Sie sprach von sich selbst. Sah sie sich wirklich so? Wie konnte eine Frau, die auf einen dunklen Flur hinausstürmte, um jemanden zur Rede zu stellen, von dem sie glaubte, er würde sich über sie lustig machen, oder einfach in einen Schneesturm hinausmarschierte, um an ihre Reisetruhe zu kommen, es versäumen, ihre eigene Lebhaftigkeit zu erkennen?

»Verzeih mir«, bat er leise.

Sie öffnete und schloss ihren Mund mehrere Male, als wüsste sie nicht, was sie sagen sollte.

»Wieder, Cara, überrascht es dich wirklich, dass ich imstande bin, mich zu entschuldigen?«

Cara erschauerte und schlang erneut die Arme um sich. »Es überrascht mich, dass irgendjemand zu so etwas imstande ist.«

Er runzelte die Stirn. Mit dieser Äußerung und der Geschichte ihres Herzanhängers hatte sie ihm Zutritt gewährt zu der Welt, in der sie lebte. Einer Welt, in der ihr Vater versucht hatte, ihren Geist zu unterdrücken und sie in eine kalte, lieblose Dame zu verwandeln, deren einziger Zweck in der vorteilhaften Heirat bestand, die er zweifellos für sie arrangieren würde.

Doch angesichts ihres unerschrockenen Verhaltens in den vergangenen beiden Tagen hier im Wirtshaus war klar, der Mann hatte keinen Erfolg gehabt. Und mit dieser Enthüllung stellte sie einmal mehr alles infrage, was er je von ihr geglaubt hatte.

Ich bin ein absoluter Idiot.

Er schob das Kinn vor. »Versprich mir, dich niemals an einen Mann zu binden, der diesen farbenfrohen Teil von dir unterdrücken will.« Seine Worte klangen harscher als beabsichtigt. Und sobald sie ihm über die Lippen gekommen waren, erschien ein Bild von einem gesichtslosen, namenlosen Mistkerl vor seinem geistigen Auge, der ihren Körper für sich beanspruchte und alle Freude und alles Glück aus ihr vertrieb, bis sie nicht mehr war als eine geschliffene Gastgeberin ohne jede Seele.

Der heftige Wunsch, mit diesem Mann kurzen Prozess zu machen, nur weil er es wagte, auch nur einen Teil von ihr zu besitzen, loderte in ihm auf. Er wich zurück, und die Kälte stahl ihm vorübergehend die Luft aus den Lungen. Wie sonst ließe sich erklären, dass es ihm unmöglich war, weiterzuatmen?

Cara musterte ihn auf die schweigsame, abschätzende Art und Weise, die sie an sich hatte. Etwas glomm in ihren Augen auf – Bedauern, Kummer, Resignation –, und dann war es, als fiele ein Vorhang, und ihre Miene verschloss sich.

Und er *wusste* es. Wusste, bevor sie sie aussprach, wie die Worte lauten würden.

»Meine Zukunft steht bereits fest.«

Sein Magen verkrampfte sich. Er konnte sich einfach nicht zwingen, die Frage zu stellen, auch nicht für weitere acht Jahre Freiheit, um zu reisen und die schreckliche Frau, die auf ihn wartete, zu meiden.

Sie betrachtete ihre Handflächen. »Mein Vater hat den perfekten …«, ihre Lippen verzogen sich zu einer makabren Nachahmung eines Lächelns, »Edelmann zu meinem Ehemann bestimmt.«

Es ging ihn nichts an. Es sollte ihm nichts ausmachen. Denn obwohl noch kein formaler Vertrag existierte, wartete eine andere auf ihn, und Cara würde stets nur die spitzzüngige Schönheit sein, die für kurze Zeit seine Aufmerksamkeit gefesselt hatte. Selbst das zu wissen reichte schon, um ihren gefühlskalten Vater und den feinen Lord, der seine Billigung errungen hatte, töten zu wollen.

Ein Schauder lief durch ihre schlanke Gestalt und riss ihn aus der aufwallenden Wut, die seine Sicht verschwimmen ließ. »Komm«, sagte er barsch und hielt ihr eine Hand hin.

Cara betrachtete seine Finger einen Moment lang, dann legte sie ihre hinein. Er umschloss ihre kleinere mit seiner großen Hand, und durch das nasse Leder ihrer Handschuhe drang Hitze in ihn und sandte eine unerwartete Welle des Verlangens durch ihn.

Wortlos legten sie den Rest des Weges zum Gasthof zurück.

Zuvor hatte er das heruntergekommene Wirtshaus wegen der Zukunft nicht verlassen wollen, die ihn erwartete. Doch jetzt, als er die Tür öffnete und Cara hineinschlüpfte, die Berührung beendete, stellte er fest, dass er wegen der Vergangenheit nicht von hier fortwollte, die hier zurückbleiben würde.

Kapitel 8

Von seinem Platz am Kamin aus warf William einen weiteren Blick zur Treppe. Der dünne Alt der Wirtin erklang hinter ihm, und er sah zu ihr hinüber. Eine Ansammlung von Grün lag auf einem der Tische des Gasthauses, und sie sang leise, während sie arbeitete.

> »Oh, wie süß ist meine Maid,
> fa la la la la la la la la,
> wie süß der Wald im Blütenkleid,
> fa la la la la la la la la.
> Oh, welch Segen ist die Wonne.«

Er fiel mit seinem Bariton ein.

> »Liebe und Zärtlichkeit und Küsse,
> fa la la la la la la la la.«

Martha riss die Augen auf und hielt mitten im Gesang inne. Überraschung blitzte in ihren Augen auf. »Sie kennen den walisischen Text, My...« Sie hielt sich gerade noch mit der korrekten Anrede zurück.

William zwinkerte ihr zu. »Ich habe ein Weihnachten in Wales verbracht und dort auch den Text zu *Nos Galan* gelernt.«

Martha nickte langsam und mit einem zufriedenen Lächeln. Während sie fröhlich weiter die Melodie summte, wandte sie ihre Aufmerksamkeit wieder ihren Zweigen zu.

Will zog seine Taschenuhr an der Kette hervor und warf einen Blick aufs Ziffernblatt. Hatte Cara vor, das Abendessen in ihrem Zimmer einzunehmen? Natürlich war das genau das, was eine wohlerzogene junge Frau ohne Anstandsdame oder andere Begleitung tun würde, und er bezweifelte nicht, dass Cara den größten Teil ihres Lebens damit verbracht hatte, die Verhaltensregeln für eine anständige englische Miss genauestens zu befolgen. Trotzdem verspürte er Enttäuschung bei dem Gedanken, sie nicht wiederzusehen.

»Ich vermute, sie wird bald herunterkommen.«

William wandte sich um. »Wie bitte?«

Martha saß mit über ihre Arbeit gebeugtem Kopf da, während sie versuchte, mit ihren altersgekrümmten Händen den Faden durchs Nadelöhr zu fädeln. »Ich vermute, Ihre Lady«, sagte sie, ohne den Blick von ihren Bemühungen abzuwenden, »wird gleich herunterkommen.« Sie band zwei Zweige zusammen und knotete eine zerknitterte rote Schleife darum. Ein Lächeln spielte um ihre Lippen. »Und das hat nichts damit zu tun, dass es in ihrem Zimmer von der Decke tropft.« Sie schaute hoch und sprach mit einem verschwörerischen Flüstern. »Selbst wenn sie sich das einzureden versucht.«

Hitze stieg ihm in den Nacken, und er musste sich zusammenreißen, um nicht an seinem Kragen zu zerren. Er, der sonst nie um Worte verlegen war, war sprachlos angesichts des wissenden Blickes der alten Frau. War es so offensichtlich, dass er mit jedem Moment in Caras Gegenwart mehr und mehr ihrem Zauber erlegen war?

Seit sie sich heute Morgen getrennt hatten, war er nicht in der Lage gewesen, sie aus seinen Gedanken zu verbannen. Was sie gemeinsam getan hatten. Ihre Vergangenheit. Während die meisten jungen Frauen von achtzehn Jahren voller Sorglosigkeit, Unschuld und Hoffnung waren, lag auf ihr der Schatten der lieblosen Behandlung durch ihren Vater.

Bei all ihren Begegnungen hatte er jedoch ein Aufflackern von Frohsinn und Witz in ihr wahrgenommen, und es würde ihn umbringen, wenn sich eines Tages ihre Pfade bei einer Veranstaltung der guten Gesellschaft wieder kreuzten – was unweigerlich geschehen würde – und er der Erbe des Herzogs wäre und sie die frostige, unzugängliche Dame, als die er sie zuerst in diesem Gasthaus kennengelernt hatte.

Das Feuer flackerte und zischte laut. William ballte die Fäuste. Er wollte nicht an eine Welt denken, in der sie wieder so werden würde. Er erinnerte sich an sie, wie sie gewesen war, als sie auf dem Rücken im Schnee gelegen hatte, die Freude, die in ihren Augen getanzt und sich auf den zarten Zügen ihres Gesichts widergespiegelt hatte, während sie zu ihm hochsah.

Ein Fluch von Martha, die weiter an ihren Weihnachtszweigen arbeitete, holte ihn zurück in die Gegenwart. Einer seiner Mundwinkel hob sich zu einem kleinen Lächeln. Und er würde sich immer an Cara als die Frau erinnern, die so einfallsreich wie abgebrühte Seemänner fluchen konnte. Er trat an den Tisch. »Habe ich erwähnt, dass ich ziemlich viel Erfahrung mit dem Binden von Weihnachtszweigen habe?«

Sie sah überrascht zu ihm auf und betrachtete ihn prüfend. Ein Funkeln trat in ihre alten Augen. »Ich würde vermuten, dass ein charmanter Mann wie Sie zumindest ziemlich viel Erfahrung mit Mistelzweigen hat, was?« Sie hob vielsagend die schneeweißen Augenbrauen.

Er zwinkerte ihr zu, und sie lachte, zeigte dabei auf die farbenfrohen Schleifen und Stoffstreifen, die auf dem Tisch verstreut lagen. »Ich habe bloß drei Zweige für den Schmuck.«

Er folgte ihrem traurigen Blick dorthin, wo ihr Ehemann mit langsamen, schmerzvollen Bewegungen durch den Gastraum schlurfte. Er säuberte den staubigen Boden mit einem Besen. »Jedes Jahr sind wir losgezogen und haben zusammen Tannengrün gesammelt.« Ihre Augen leuchteten von einer Mischung aus Trauer und Glück, die sich in dieser alten Erinnerung verbanden. »Wie schnell die Zeit vergeht. Zur einen Weihnacht stellt man diese Zweige her, um seinen Liebsten zu küssen, und zur nächsten«, sie hielt ihre verwachsenen Hände hoch, »und zur nächsten kann man nicht einmal mehr die Finger bewegen.«

Dass die letzten acht Jahre wie im Flug vergangen waren, bewies nur die Flüchtigkeit der Zeit. Wie würde sein Leben in achtunddreißig Jahren aussehen? Wie das dieses alten Paars? Während sie in ihrer Ehe Liebe und Glück gefunden hatten, würde seine eigene eine kühl kalkulierte Verbindung sein, die ihm, wenn das Schicksal es gut mit ihm meinte, Kinder bescheren würde und nicht zu viel Leid.

»Hier«, sagte er leise.

* * *

Schon vor vielen Stunden hatte sie ihre nasse Kleidung gegen ein weiteres von der Gastwirtin geliehenes Kleid getauscht, und nachdem sich die Kälte von ihrem Ausflug in den Sturm gelegt hatte, stand sie nun am späten Abend am Fuße der Treppe außerhalb des Gastraums.

Seit ihrer Rückkehr hatte sie keinen einzigen Gedanken mehr an die Tatsache verschwendet, dass sie die ungewollte, ungeliebte und häufig vergessene Tochter des Duke of Ravenscourt war, oder an das Unglück, das ihr bevorstand, falls sie – sie schüttelte den Kopf – *wenn* sie den aufgeblasenen und ebenso gefühllosen zukünftigen Herzog heiraten würde. Stattdessen hatte Will jeden einzelnen ihrer Gedanken beherrscht, sodass ihre Haut von der Erinnerung an seine Berührung prickelte und sie sich danach sehnte, ein weiteres Mal mit ihm zu sprechen.

Mit wild pochendem Herzen warf Cara verstohlen einen Blick durch die Tür, so wie sie es auch als kleines Mädchen getan hatte, wenn sie ihre Mutter heimlich dabei belauscht hatte, wie sie in der Ungestörtheit ihrer Suite weinte. Sie hörte die Worte, die Will mit der alten Gastwirtin wechselte. Was für ein Mann war er? Einer, der Italienisch so fließend sprach wie jemand, der sein ganzes Leben in dem Land verbracht hatte, und der mit derselben Unbeschwertheit mit der alten Gastwirtin walisische Weihnachtslieder sang. Sie musste um den Kloß in ihrem Hals herumschlucken, während sie ihn weiter beobachtete, wie er sich mit Martha unterhielt. Martha. Nicht der Frau des Gastwirts. Nicht einer Bediensteten. Sondern einer Frau, deren Namen er kannte und mit der er voller Freundlichkeit und Güte redete, die so anders waren als die Grausamkeit und Arroganz ihres Vaters.

Angst traf sie ins Herz. Mit bebenden Fingern tastete sie nach dem Treppengeländer und presste ihren Rücken gegen das Holz. Sie war immer so stolz darauf gewesen, niemanden zu brauchen. Sie hatte sich eingeredet, dass die Meinungen, Gedanken oder Gefühle anderer für sie bedeutungslos waren.

Cara schloss die Augen. Der Boden schien sich unter ihren Füßen zu bewegen, als ihr die unglaubliche Tatsache bewusst wurde: Sie sehnte sich nach dieser Verbindung mit Will. Sie wollte einen Mann wie ihn in ihrem Leben, einen Mann, der unter die Oberfläche schaute bis zu der Frau, die sie war, einen Mann, der wollte, dass sie einfach sie selbst war und nicht makellos oder gekünstelt.

Cara zog sich zurück, und ihr verzweifelter Blick fiel auf die Schatten, die von dem Feuer im Kamin des Gastraums auf dem Boden tanzten. Dieser Anfang einer Verbindung zu einer anderen Person war ein starkes Aphrodisiakum, das ihr ausgerechnet von einem Fremden gezeigt wurde. Sie berührte ihre Lippen, und Hitze durchzuckte sie. Doch war Will wirklich ein Fremder? Wie konnte das sein, wo er doch der Erste war, der sie herausgefordert und geküsst hatte und mit dem sie die schmerzvollen Erinnerungen an ihre Mutter geteilt hatte?

Sie nahm ihre Hand zurück, während Bedauern sie erfüllte. Denn letztendlich war es das, was Will war. Ein Fremder, der auf seinem Pferd fortreiten würde, nach … Sie schluckte krampfhaft. Sie wusste nicht, wohin, weil sie *nichts* von ihm wusste. Nur wie sie sich bei ihm fühlte und welche Wünsche er in ihr weckte. Und sie konnte nicht, nein, *würde* nicht zulassen, dass sie von hier fortging, ohne mehr von ihm erfahren zu haben als diese wenigen ungenügenden Stückchen.

Dieser Gedanke trieb sie vorwärts. Entschlossen betrat sie die Schankstube. Er saß immer noch neben Martha und half ihr bei irgendwas. Jetzt erstarrte er, und seine breiten Schultern spannten den Stoff seines schwarzen Rocks. Mit der Eleganz eines vornehmen Gentlemans erhob er sich und drehte sich zu ihr um.

Sein großer Körper ließ den Raum plötzlich viel zu klein erscheinen. Cara nahm vage wahr, dass die alte Frau ebenfalls aufstand und knickste. Im Schein des Kamins glitzerten die Augen der Frau wissend, bevor sie sich zurückzog. Hitze stieg Cara in die Wangen, während sie ihren Blick Will zuwandte.

Einen Moment betrachtete sie seine muskulösen Arme, über denen sich seine Rockärmel spannten – der Schnitt und die Farbe passten viel besser zu einem Gentleman als zu einem Mann, dessen raue Hände und dessen gebräuntes Gesicht von einem ganz anderen Leben kündeten als dem der herausgeputzten Dandys der guten Gesellschaft. O mein Gott. Sie fächelte sich Luft zu und folgte dann seinem Blick zu der verräterischen Geste.

Sie ließ ihre Hand schnell an ihre Seite fallen. Unter seinen dichten dunklen Wimpern hervor starrte Will sie durch den Raum hindurch an, verbrannte ihr Inneres genau wie ihr Äußeres in dem hitzigen Verlangen, mehr von seinen Lippen zu kosten.

Du wirst mit niemandem sprechen, der unter dir steht, Mädchen. Ist das klar?

Aber wer steht unter mir, Euer Gnaden?

Jeder, der nicht mit einem Herzog, Prinzen oder König verwandt ist. Jetzt scher dich fort. Ich muss mich um wichtigere Dinge kümmern ...

Ein Scheit verrutschte im Kamin und explodierte mit einem Aufstieben von orangefarbenen und scharlachroten Funken. All die Ermahnungen zur Zurückhaltung, die ihr von den Kindermädchen und Lehrerinnen, die ihr Vater für sie eingestellt hatte, eingetrichtert worden waren, hallten in ihrem Kopf wider.

Cara strich sich mit den Händen über die Vorderseite ihres Rockes. Während sie auf ihn zuging, ließ sie mit jedem Schritt all diese alten Regeln hinter sich. Und als sie vor ihm stehen blieb, fühlte sie sich auf Arten frei, die sie vor ihm nicht gekannt hatte.

Sie legte den Kopf in den Nacken, um Will anzusehen. Er musterte sie auf seine undurchschaubare Weise. Cara ballte die Hände zu Fäusten, als Unsicherheit sie erfasste. Ja, er hatte sie geküsst, bis ihr Atem sich vermischt hatte, aber hatte ihm irgendetwas an ihren Zusammentreffen etwas bedeutet? Zweifel überkamen sie. Sie trat zögernd zurück.

»Bleib«, sagte er leise und brachte ihren hastigen Rückzug zu einem jähen Ende. Leidenschaft brannte in den Tiefen seiner unergründlichen Augen. »Ich will dich …«

Und Gott mochte ihr beistehen, sie wollte diese Leidenschaft kennenlernen. Ihr Herz setzte einen Schlag aus. »Was willst du?«

»Ah, Mylady, Sie sind gekommen, um Ihr Abendessen einzunehmen.«

Nein! Cara wirbelte herum und schluckte ihre Enttäuschung über die lästige Unterbrechung durch den Gastwirt herunter. *Was?*, beschwor sie wortlos Will. Wollte er, dass sie ihn bat, ihr beim Abendessen Gesellschaft zu leisten? Wollte er mehr darüber erfahren, wer sie wirklich war? Was wollte er? *Vielleicht will er, dass ich gehe …*

Ihre Haut prickelte unter dem neugierigen Blick von Marthas Ehemann. Cara zwang ihre Lippen, sich zu bewegen. »Allerdings«, erwiderte sie steif. Sie wandte sich von Will ab und an den älteren Mann. »Das heißt, bitte servieren Sie mir das Abendessen hier unten.«

»Sehr wohl«, erwiderte er mit dem Aufflackern eines Lächelns.

Sie ging los, folgte dem Gastwirt und blieb dann stehen. Ihr Herz schlug laut bei den schockierenden Gedanken, die ihr durch den Kopf schossen. Damen erniedrigten sich nicht derart vor Männern. Töchter von Herzögen erniedrigten sich vor überhaupt niemandem. »Willst du mir dabei Gesellschaft leisten?«, platzte sie dennoch heraus. Ihre Wangen wurden ganz heiß. Nie in ihrem ganzen Leben hatte sie sich vor einem anderen Menschen so verletzlich gemacht. Sie fühlte sich entblößt und nackt, wollte trotzig das Kinn recken und zur selben Zeit die Flucht ergreifen.

Auf ihre Frage folgte nur Schweigen. Dieser schmerzvolle Moment mochte eine Minute andauern oder ein Jahr, so lange fühlte es sich an. Während er sie prüfend betrachtete, hätte sie nur zu gerne diese verräterischen fünf Worte zurückgenommen. Der Schmerz seiner Zurückweisung würde sie auf Arten verletzen, wie es die Ablehnung ihres Vaters nie gekonnt hatte. Denn ihr Vater sah in ihr nur ein Mittel zum Zweck, das er benutzen konnte, um sein Vermögen und Ansehen zu mehren. Will hatte hinter ihre Fassade geschaut und sie bei jeder sich bietenden Gelegenheit provoziert, sie gezwungen, jemand anders zu sein als die Eisprinzessin, sie herausgefordert, *mehr* zu sein.

Cara biss sich innen auf die Wange und wollte dem Gastwirt hinterhereilen, als Will ihr in den Weg trat. Ihr stockte der Atem. Dies war kein Dandy in Seidenhosen, nein, Will erinnerte vielmehr an die Krieger von einst. Er senkte den Kopf, und seine Antwort war so leise, dass sie sich fragte, ob sie sie sich nur eingebildet hatte.

»Ich möchte dir sehr gern Gesellschaft leisten, Cara.«

Der Gastwirt kam herbei, um ihr einen Stuhl hervorzuziehen, und sie setzte sich.

Ein Hauch von Vernunft drang durch ihre privaten Sehnsüchte. »Ich sollte nicht hier sein«, stellte sie schwach fest, während der Gastwirt sich schnell entfernte. William erstarrte, eine Hand auf der Rückenlehne seines Stuhls. »*Wir* sollten nicht hier sein«, korrigierte sie sich. Denn mit jedem Treffen in diesem Gastraum und mit jeder Begegnung auf dem Flur und draußen riskierte sie ihren Ruin.

Er zögerte, und für einen schrecklichen Moment dachte sie, er würde sich entschuldigen und sich zurückziehen. »Möchtest du, dass ich gehe?«, erkundigte er sich stattdessen.

Cara legte den Kopf zur Seite und blinzelte langsam. Über die Jahre waren von anderen Entscheidungen für sie getroffen worden. Erwartungen an sie gestellt. Doch dieser Mann ließ ihr die Freiheit, selbst zu entscheiden, und es war ein wundervolles Gefühl. Ihre Bedenken verschwanden. Sie wollte ihren Vater und seine Pläne für sie vergessen.

Sie lächelte Will zögernd an. »Nein, auf keinen Fall.« Sie atmete ein, und genau wie sie gestern Abend um den Kuss gebeten hatte, war sie jetzt bereit, den Rest ihres Stolzes zu schlucken, einfach nur, um mit ihm zusammen zu sein. »Ich will, dass du bleibst.«

In einer geschmeidigen Bewegung zog er den Stuhl heraus und setzte sich ihr gegenüber. Er winkte dem alten Gastwirt zu und hielt zwei Finger hoch. »Zwei Becher Punsch.«

Während der alte Mann ging, um das Gewünschte zu holen, verschränkte Will die Arme vor sich und betrachtete sie.

Cara studierte seine breite Brust und die Art und Weise, wie seine Muskeln sich unter dem Stoff seines Rocks spannten. Sie schluckte. Kein Lord, den sie bisher getroffen hatte, besaß eine solche ungeschliffene Männlichkeit. Mit einem stummen Fluch wandte sie ihre Aufmerksamkeit wieder seinem Gesicht zu, betete, dass er ihre skandalöse Musterung seines Körpers nicht bemerkt hatte.

Der Hauch eines Lächelns spielte um Williams Lippen und bewies, dass Gott heute Abend anderweitig beschäftigt war.

»Du wolltest meine Gesellschaft, Cara. Über was möchtest du also sprechen?« Er rollte seine Schultern, und seine Muskeln spannten erneut den Stoff seines perfekt geschnittenen Rocks.

Sie schaute ihn nachdenklich an. Was war seine Geschichte? »Wer bist du?«, fragte sie. Die Worte kamen einfach über ihre Lippen.

Er legte den Kopf zur Seite. Dann wurde seine Miene misstrauisch, und er betrachtete sie, als wäre sie eine Taschendiebin, die ihn angerempelt hatte. »Du weißt, wer ich bin. Mein Name ist Will…«

Sie unterbrach ihn mit einer abrupten Handbewegung. »Ich weiß, wie du heißt, allerdings nicht deinen vollen Namen.« Wenn er jetzt gehen würde, wie sollte sie ihn jemals wiederfinden?

Gar nicht, du dumme Gans. Wir leben in völlig unterschiedlichen Welten. Und in der Welt, die für mich vorgesehen und bestimmt ist, will mein Vater, dass ich einem anderen gehöre. Panik ließ ihr Herz schneller schlagen. Diese zwei Tage waren nicht genug. Sie konnten niemals genug sein. Und doch mussten sie das.

Er nahm langsam einen Schluck von seinem Punsch. »Hast du eigentlich vor, mir heute Abend auch deine eigene Identität zu enthüllen, *Mylady*?«

Aber warum? Warum musste es genug sein? Warum konnte sie sich nicht einfach mehr nehmen, zum ersten Mal in ihrem Leben?

Will zog die Augenbrauen hoch.

Hitze stieg ihr in die Wangen. Wie konnte er so ungerührt bleiben, während ihre Welt so verwirrend auf den Kopf gestellt wurde?

Eine weitere Hitzewelle stieg ihr den Hals hoch. »Das ist etwas anderes«, murmelte sie.

»Vielleicht«, erwiderte er unverbindlich.

Sie biss die Zähne aufeinander. Die Informationen, die sie von Will wollte, waren mehr als ein Name. Sie wollte wissen, wer er war, abgesehen von diesem manchmal gefährlich wirkenden, manchmal sanften Fremden.

Die Frau des Gastwirtes kam zu ihnen und unterbrach sie. Sie stellte jeweils einen gefüllten Teller vor ihnen ab. Cara verzog das Gesicht. Was war das? Es musste irgendeine Art von Mahlzeit sein.

Sie entließ die Frau mit einem Blick, stützte die Ellenbogen auf den Holztisch und lehnte sich vor. Zum ersten Mal in ihrem Leben als Erwachsene sagte sie etwas, was sie noch nie zuvor ausgesprochen hatte. »Ich will mehr über dich wissen.« Sie zeigte auf den Tisch mit den hübsch mit einer Schleife zusammengebundenen immergrünen Zweigen. »Du sprichst

Italienisch und kennst walisische Liedtexte. Du hilfst einer alten Frau, Dekorationen für das Weihnachtsfest herzustellen. Woher kannst du all diese Dinge?«

Sie selbst wusste nur die langweiligen, korrekten Sachen, die ihr beigebracht worden waren, und nur wenig von der Welt. Neid erfüllte sie und der Wunsch, ein Leben geführt zu haben, das mehr war – und, viel erschreckender, das Verlangen, dieses Leben mit ihm zu teilen.

* * *

William beobachtete Cara über den Rand seines Glases hinweg. Sie hatte gefragt, wer er war. Was würde die Dame sagen, wenn er ihr verriete, dass er in Wahrheit der Erbe eines Herzogtums war? Dieser Titel, nicht mehr als ein Zufall des Schicksals, hatte sein Leben bestimmt. Er war allen Frauen wichtig, die nicht mehr in ihm sahen als ebendiesen Titel. Was würde sie sehen?
»Ich bin die letzten acht Jahre gereist«, erwiderte er schließlich.

Cara rutschte in ihrem Sitz nach vorn. »Gereist?«, flüsterte sie mit der Ehrfurcht einer Frau, die feststellte, dass sie im Besitz der Diamanten der Königin war. »Deine Hautfarbe lässt dich wie jemanden erscheinen, der über die sieben Weltmeere gesegelt ist.« Sie hielt inne, und ihre Augen funkelten. »Bist du ein Pirat?«

Er lachte leise. »Ich bin kein Pirat.« Wie hätte er ahnen können, dass die unterkühlte Miss, die ihre Bediensteten derart herumkommandiert hatte, jetzt kühn von seiner Haut sprechen und von Piraten träumen würde?

Ihre Miene verriet leichte Enttäuschung. Die Dame sehnte sich nach Aufregung und wollte mehr als ihre enge Welt. Wie sehr sie sich in dieser Hinsicht ähnelten. Als ihm das klar wurde, überkam ihn ein merkwürdiges Gefühl. Cara betrachtete ihn weiter interessiert. »Wo bist du gewesen, Will?«

Er hob die Schultern. »Russland, Amerika, Kanada. Frankreich, Italien.«

In einer niedlichen kleinen Bewegung stützte sie die Ellbogen auf den Tisch und legte ihr Kinn in die Hand. »Ich bin noch nie woanders gewesen als bei Mrs Belden und auf den verflixten Besitztümern meines Vaters.«

William zog eine Augenbraue hoch. »Mrs Belden?«

Sie kräuselte die Nase, als hätte sie eines von Marthas Gerichten gerochen. »Eine Schule für höhere Töchter«, murmelte sie. »Ich bin im letzten Jahr.« Während sie das sagte, wirkte sie so verloren.

Sie sollte den Mann heiraten, den ihr gefühlloser Vater für sie ausgesucht hatte. War es ein Wunder, dass sie die Traurigkeit trug wie einen Mantel? Beim Gedanken an die kalt berechnende Welt, der sie beide angehörten, wurde er wütend.

Cara nahm ihre Gabel auf und stieß sie in ein Stück Fleisch. Sie hatte weiter diesen resignierten Ausdruck in den Augen. Verzweifelt bemüht, sie wieder zu der übermütigen jungen Dame zu machen, die sie vor ihrer Erwähnung von Mrs Belden gewesen war, nickte er zu ihrem Teller hin.

»Ist es tot?«

Cara blinzelte einige Male und sah dann auf die fragwürdige Mahlzeit hinab. Sie schnaubte. »Ich vermute, es ist zu früh, um das sagen zu können.« Sie lächelten beide, und dann rutschte sie wieder auf ihrem Platz nach vorn. »Wenn du tatsächlich kein Pirat bist …« Sie warf ihm einen hoffnungsvollen Blick zu.

»Nein, ganz bestimmt nicht«, wiederholte er mit einem Grinsen.

»Warum bist du dann so viel gereist?« So einfach ließ sie bei ihren Fragen nicht locker, und in ihren Augen stand wieder dieses aufgeregte Funkeln.

Der Grund für seine Reisen war nicht, dass er etwas gesucht hatte, sondern dass er vor etwas geflohen war – vor einer Frau.

Der für ihn bestimmten Braut. Schatten zogen in ihm auf, aber er schob sie schnell beiseite. Er würde sich diesen Moment nicht durch Gedanken an Clarisse verderben lassen.

Martin kam zu ihm, und William sandte ein stummes Dankgebet zum Himmel für die Unterbrechung, die ihn der Notwendigkeit enthob, eine Antwort zu geben. »Hier, bitte, Mylady.« Der Wirt stellte ein Glas mit Punsch vor Cara und dann ein weiteres vor William. »My…« Der alte Mann räusperte sich, wandte sich dann überraschend behände um und ging.

Nachdem Martin wieder verschwunden war, schwieg Cara weiter. Hatte sie seine Abneigung, über seine Umstände zu sprechen, erkannt? Wie selbstsüchtig von ihm, wo er doch alles über die so faszinierend widersprüchliche Lady Cara erfahren wollte. Sie spielte nervös mit ihrem Glas, sah sich unbehaglich um, enthüllte erneut diese unsichere Seite, die so gar nicht zu der kalten, hochmütigen Fremden passen wollte, die durch die Tür marschiert war und den Bediensteten ihre Wünsche mitgeteilt hatte.

Dann hielt sie plötzlich inne und blickte ihn direkt an. »Ich möchte mehr über dich wissen, Will.« Die Kühnheit ihrer Worte wurde durch die hübsche Röte ruiniert, die sich in ihre Wangen stahl.

William lehnte sich in seinem Sitz zurück, und der alte Holzstuhl ächzte, als er sein Gewicht verlagerte. Das Getränk in der Hand, fuhr er fort, sie zu betrachten. »Du willst etwas über mich wissen?«, wiederholte er.

Für einen kurzen Augenblick hatte er befürchtet, dass sie die Wahrheit herausgefunden hatte. Dass sie sich irgendwie erschlossen hatte, dass er, William Hargrove, in Wahrheit ein Marquis und zukünftiger Herzog war. Aber dann nickte sie zögernd, verriet ihre Verlegenheit darüber, überhaupt solch eine kühne Frage gestellt zu haben.

»Was willst du wissen?«, fragte er langsam. Und mehr noch ... Warum kümmerte es sie? Außer wenn sie dieses geheimnisvoll ziehende Sehnen, das seine Gedanken beherrschte und seine Selbstkontrolle untergrub, ebenfalls verspürte. Und welch ein Wahnsinn war dieser Wunsch, dass sie ihrerseits diese unverständliche Faszination wegen seiner Anwesenheit fühlte?

Sie befeuchtete sich die Lippen. »Ich male.« Cara flüsterte es auf eine Art, wie eine junge Frau vielleicht von einem Stelldichein mit einem Liebhaber sprechen würde. Ihre Worte ließen ihn innehalten. Aber ging ihm das nicht immer so bei dieser Lady? »Oder habe das zumindest getan.«

Sie redete ohne Punkt und Komma, wenn sie nervös war. Bei dieser Entdeckung erfüllte ihn Zärtlichkeit. Dann trat ein ernster Ausdruck in ihre Augen. Er sehnte sich danach, sich über den Tisch zu beugen und sie wieder in die Arme zu nehmen, die Verschlossenheit, die sie bei ihrem ersten Zusammentreffen vor zwei Tagen gezeigt hatte, zu vertreiben.

»Mein Vater hat meine Gouvernante entlassen, weil sie es gewagt hatte, mich darin zu unterweisen.« Sie sprach leise, als sei ihr die traurige Erinnerung gerade erst gekommen.

Wieder verspürte er den beinahe überwältigenden Wunsch, ihren tyrannischen Vater zu finden und zu Boden zu schlagen. Er umfasste sein Glas fester.

Sie zuckte zusammen und schüttelte den Kopf, als müsse sie sich aus der Vergangenheit lösen. »Malst du?«

Diesmal schüttelte er den Kopf. »Nein, tue ich nicht.« William grinste und zwinkerte ihr zu. »Jedenfalls nicht sehr gut.«

Ein überraschtes Lachen kam ihr über die Lippen, und erneut stockte ihm der Atem. Wenn sie lachte, tanzten kleine silberne Flecken in ihren Augen, und sie hatte dann eine unverbrauchte, unschuldige Ausstrahlung, die das Grübchen in ihrer Wange nur noch unterstrich. Und er wollte, dass sie immer so wäre. Denn dies war die wahre Cara. Nicht die spröde, wütende Lady, die gestern in das Gasthaus marschiert war.

»Ich habe drei Geschwister. Zwei Brüder und eine Schwester«, erklärte er.

»Tatsächlich?« Überrascht schaute sie ihn an.

William nickte. Geschwister, die er nur eine Handvoll Male in den letzten acht Jahren gesehen hatte. Wie viel von ihrem Leben hatte er wegen seiner Abenteuerlust verpasst? Bedauern erfüllte ihn. Er nahm einen weiteren Schluck und verzog bei dem bitteren Geschmack des gewürzten Punsches das Gesicht.

»Bist du der Älteste?«

Er nickte. »Ja, bin ich.« Der herzogliche Erbe. Oh, er wünschte sich, Oliver oder David hätten dieses Recht für sich beansprucht. Denn dann wäre er jetzt, in diesem Moment, nicht an die Frau gebunden, die seine Eltern für ihn ausgesucht hatten, sondern frei, die Liebe zu suchen, so flüchtig das Gefühl auch sein mochte.

»Ich habe einen älteren Bruder.« Die leichte Betonung, die sie auf das letzte Wort legte, verriet ihm klarer, als wenn sie es ausgesprochen hätte, dass dieser Mann sich ihr gegenüber nicht besser als ihr Vater verhalten hatte.

Er würde wetten, dass ihre Kindheit einsam gewesen war, mit einem Vater, der stets Fehler an allem fand, was sie tat, und einem entfremdeten Bruder. Um ganz sicherzugehen, erkundigte er sich: »Stehst du deinem Bruder nahe?«

Sie betrachtete ihn, als wäre er verrückt geworden. »In aristokratischen Familien gibt es keine Wärme, Will.« Bedauern malte sich auf ihren Zügen. »Jeder Aspekt des Lebens eines Lords oder einer Lady ist auf Rang und Status ausgerichtet, und Hoffnungen oder Träume spielen keine Rolle.« Sie hörte sich an wie ein weiser alter Lehrer, der einen jungen Schüler unterwies.

Die Worte blieben ihm im Hals stecken. Was würde sie sagen, wenn sie wüsste, dass er nicht nur selbst Teil der kalten, gnadenlosen Welt war, von der sie sprach, sondern dass er auch Liebe und Zuneigung erfahren hatte, in einem Haushalt voller Freude und Gelächter? »Ich kann nicht glauben, dass alle Familien so sind, wie du es beschreibst. Ganz sicher kann man doch zumindest etwas Glück finden?« Denn die Alternative war eine dunkle, einsame Welt für sie, und bei dem Gedanken daran schnürte sich ihm die Brust zusammen.

Cara schüttelte den Kopf. Sie nahm ihre Gabel auf und stocherte damit in ihrem Essen herum. »Du hast unrecht«, erwiderte sie auf so selbstverständliche Art, dass ihm das Herz wehtat. »Der einzige Nutzen von Kindern ist, den Rang und das Vermögen der Familie zu mehren, und so kommt es zu jenen Ehen ohne jegliches Gefühl.«

Obwohl ihre Sicht auf alle aristokratischen Familien sicher einseitig und zynisch war, lag sie mit ihrer Einschätzung doch nicht falsch. Er starrte blicklos ihre goldenen Locken an, die in ihrem schlanken Nacken zu einem losen Knoten zusammengefasst waren. Seine Eltern, die einander liebten, waren in einer arrangierten Ehe zusammengekommen, und die Liebe war später entstanden. Deshalb wollten sie ihn mit Lady Clarisse verheiraten und hegten dabei die unsinnige Erwartung, dass er auf diese Art genauso sein Glück finden würde.

Eine dunkle Zukunft erwartete ihn. Er konnte nicht von dem Gasthaus wegreiten und Cara einem ähnlichen Schicksal überantworten. Er wollte, dass sie wusste, Glück und Wärme und Lachen waren möglich. William beugte sich vor und legte eine Hand auf Caras. Die seidige Weichheit ihrer Haut brannte in seiner größeren, rauen Handfläche mit einer scharfen Hitze.

Sie erstarrte, und für einen langen Augenblick betrachtete sie ihre verschränkten Hände. Wollte sie diesen Moment für immer in ihrer Erinnerung festhalten, so wie er das tat? Dann trafen sich ihre Blicke. Sie schluckte trocken.

»Du verdienst sehr viel mehr für deine Zukunft als diese Welt, von der du sprichst. Nicht alle Familien sind wie deine, Cara.« Das sagte er ganz ernsthaft. »Es gibt Lachen und Necken und Glück.«

Ein trauriges Lächeln erschien auf ihren Lippen, mit einem Anflug ihrer früheren Eiseskälte, und er wappnete sich für die hochmütige junge Dame von gestern. Aber dann sah sie zum vereisten Fenster. Ihre Augen füllten sich mit Trauer. »Der Sturm ist vorbei.«

Auch ihm wurde die absolute Stille zum ersten Mal seit zwei Tagen bewusst. Er folgte ihrem Blick. Tatsächlich, so war es. Und mit dem Ende des Schneesturms konnte er bald weiterreisen. In dem Moment, in dem er fortging, würden sie beide jeweils ihr eigenes Leben weiterführen, und ihre Zeit hier wäre nichts mehr als ein zu kurzer Moment. Bedauern und Panik stiegen in ihm auf.

»Ich ...« Sie schob ihren Stuhl zurück und sprang mit solcher Hast auf, dass er fast umkippte. Begriff sie, dass ihre gemeinsame Zeit sich rasch ihrem Ende näherte und sie jetzt mit ihrer Zofe und ihrem Kutscher zu dem aufgeblasenen Verlobten weiterreisen würde, der sie ohne Zweifel zu jemandem formen würde, der voll und ganz den Erwartungen der Gesellschaft entsprach? Das neue Selbst, zu dem sie in den letzten Tagen vorsichtig gefunden hatte, würde es dann nicht mehr geben. O Gott, die Unausweichlichkeit dieser Entwicklung war kaum zu ertragen. Cara legte sich eine Hand auf die Brust. »Von all den Orten, an denen du gewesen bist, wo hat es dir am besten gefallen? Wo wärst du jetzt am liebsten?«

Er stand auf. Die Ironie entging ihm nicht. Seit seiner Rückkehr nach England hatte er davon geträumt, irgendwo anders zu sein als ausgerechnet hier.

Und jetzt ... Er konnte sich an keinen einzigen Ort, an den er gereist war oder den zu besuchen er sich gewünscht hatte, erinnern, an dem er in diesem Moment lieber gewesen wäre. Caras Blick blieb fragend auf ihn gerichtet, ihre Augen baten um eine Antwort, die er nicht hatte. Er überlegte, und endlich fiel ihm ein, was er ihr würde zeigen wollen, wenn die Umstände ihres Lebens und des Schicksals anders wären.

»Capri«, sagte er leise. »Das Wasser dort hat eine einfach unvorstellbare Schattierung von Blau, wie man sie nicht für möglich halten würde, und den dazu passenden Himmel. Die Sonne strahlt eine Wärme aus, die einem die Seele reinigt.«

Sie schluckte trocken. »Wie gerne ich das sehen würde«, erwiderte sie rau.

Geh nicht. Unehrenhafte Worte, die zu denken er angesichts des Versprechens, das er seinem Vater vor acht Jahren gegeben hatte, kein Recht hatte. »Cara«, flüsterte er. Sie senkte den Kopf und floh dann stumm. Er starrte ihr hinterher, wünschte sich, sie zurückzurufen.

William schaute zum Fenster mit den Eisblumen. Ja, der Wintersturm war vorbei. Doch in seinem Inneren wütete ein ganz anderer Sturm.

KAPITEL 9

Cara verabscheute Morgen. Vor allem kalte Wintermorgen. Sie zog es vor, sich tief unter die Daunendecken ihres Bettes zu kuscheln, die Wärme zu genießen und zu träumen. Vom Malen und davon, weit weg zu sein von Mrs Beldens freudlosem Pensionat und sogar noch weiter weg von den verlassenen Räumen im Hause ihres Vaters. In den kurzen Momenten, bevor sie aufstand und sich der Wirklichkeit stellte, gehörten diese Fantasien ihr allein.

Diesen Morgen hasste sie mehr als alle anderen, allerdings aus ganz anderen Gründen. Sie stand am Fenster und starrte auf das makellose Weiß des unberührten Schnees, der im Sonnenschein funkelte und gleißte. Es war, als läge ihr ein Stein auf der Brust und drohte, ihr die Luft abzuschneiden. Sie lehnte die Stirn gegen die kühle Fensterscheibe. Die Wärme der Sonnenstrahlen, die durch das Glas drang, schien nicht zu dieser Kälte zu passen. Von den bizarr geformten Eiszapfen tropfte es unablässig.

Dieser gestohlene Moment war vorbei, diese kurze Auszeit von der gefühllosen Welt, in der sie lebte, der Verachtung der Menschen für sie und ihrer Verachtung für sich selbst. Sie war wieder die Tochter des Duke of Ravenscourt, gehasst von allen und bereit, zu dem verabscheuungswürdigen Mann zurückzukehren, der ihr Vater war.

Tränen traten ihr in die Augen, und obwohl sie sie bei ihrer Ankunft hier vor einigen Tagen noch als Zeichen ihrer Schwäche angesehen hätte, das sie auf keinen Fall hätte zeigen wollen, war sie jetzt für diese Tropfen dankbar, die ihr den Blick verschwimmen ließen. Ihre Schultern bebten unter ihren Schluchzern. Mit der Stirn schlug sie gegen die Scheibe.

Das passierte, wenn man seine Stellung vergaß und für einen Mann Anstand und Sitte in den Wind schrieb. Nein, nicht irgendeinen Mann – Will. Er hatte hinter ihre sorgsam errichtete Fassade geschaut, eine Fassade, die so überzeugend war, dass sie selbst begonnen hatte, daran zu glauben. Und jetzt, da er ihre künstliche Welt bis in die Grundfesten erschüttert hatte, konnte sie die Mauer nicht einfach wieder aufbauen und sich zurückverwandeln in die, die sie früher gewesen war. Cara weinte heftiger.

Wie naiv er gestern Abend gewesen war mit seinem Gerede von einer liebenden Familie, der man wichtig war. Das war nicht ihre Welt. Es war seine. Und sie hasste ihn, weil er sie dazu gebracht hatte, sich mit wilder Verzweiflung nach einem Stück davon zu sehnen. Aber nicht mit irgendwem. Sondern mit ihm. Einem Mann, dessen Familiennamen sie nicht einmal kannte. Einem Mann, der sie gezwungen hatte, in sich hineinzusehen und sich der Tatsache zu stellen, dass sie zu jemandem geworden war, den sie verachtete und der sich wünschte, jemand anders zu sein.

Cara ließ ihren Tränen eine Weile lang freien Lauf und atmete dann bebend ein. »Genug«, flüsterte sie. Sie wischte sich mit der Hand übers Gesicht. Will würde abreisen. Ohne Zweifel noch heute. Und sie würde in die Kutsche des Earls steigen und sich auf dem Weg zu ihrem Vater befinden, der sie vergessen hatte, und ihrem Bruder, der genauso gut ein

Fremder sein könnte, so wenig wusste sie über ihn. Ein weiteres Schluchzen kam ihr über die Lippen, und sie unterdrückte es mit einer Hand. »Ich ... ich kann das nicht.«

Zu ihrem Vater zurückzukehren und zu Mrs Belden würde bedeuten, dass sie schließlich den zukünftigen Herzog heiraten müsste – genau so einen Mann wie ihren Vater. Einen, der das, was von ihrer Seele übrig war, zerstören würde.

Sie starrte blicklos auf den Kutscher des Earls, der vom Stall zum Gasthaus herüberkam. »Ich ... ich kann das nicht«, wiederholte sie flüsternd und ballte die Hände zu Fäusten. Sie brauchte mehr Zeit. Abrupt wirbelte sie auf dem Absatz herum, zog die Tür auf und stieß mit Alison zusammen.

Obwohl sie noch blass war, lächelte Alison wieder wie gewohnt. »Mylady.« Sie knickste, doch das Lächeln verschwand, als ihr Blick auf Caras Wangen fiel. »Mylady?«

Cara wandte sich rasch ab. »Alison, du solltest im Bett sein.« Und wieder einmal war sie die selbstsüchtige Lady Clarisse, denn sie wollte, dass Alison in ihr Zimmer ging, damit sie mehr von der herrlichen Freiheit genießen konnte, die sie in diesen Tagen kennengelernt hatte. Dieses kostbare Geschenk, das Frauen normalerweise vorenthalten wurde.

»Es geht mir gut, Mylady«, erwiderte ihre Zofe. Sie betrachtete Caras zerdrücktes Kleid mit einem Stirnrunzeln und schnalzte mit der Zunge. »Kommen Sie, Mylady.« Mit ihrer üblichen Unbekümmertheit ging sie an Cara vorbei. »Der Kutscher des Earls hat Ihre Reisetruhe geholt. Erlauben Sie mir, Ihnen in ein anderes Kleid zu helfen.«

Fast gegen ihren Willen wanderte Caras sehnsüchtiger Blick an Alison vorbei und in den Korridor. Dann ließ sie die Schultern sinken. Sie nickte kurz und begab sich mit hölzernen Bewegungen zurück in den Raum. Alison trat ebenfalls ein und schloss die Tür hinter ihnen, versperrte Cara so den Weg in die Freiheit.

Die junge Frau räusperte sich. »Ich ... Ich ...« Sie trat verlegen von einem Fuß auf den anderen, sah überallhin, nur nicht zu Cara. »Es tut mir so leid«, murmelte sie. »Ich hätte mich um Sie kümmern sollen, und ich verstehe, dass Sie mit Seiner Gnaden darüber reden müssen, wie schlecht ich meine Aufgaben erfüllt habe.« Sie schluckte hörbar.

Was würde die Zofe sagen, wenn sie erführe, dass Cara nicht allein in ihrem schrecklichen Zimmer geblieben war, wie sie annehmen musste, sondern stattdessen in einem öffentlichen Schankraum gespeist hatte? Das war die Art von Verhalten, die sie unwiderruflich ruinieren würde.

»Es ist alles in Ordnung«, erwiderte Cara schließlich. Der Blick, den Alison ihr zuwarf, bewies, dass diese sehr wohl wusste, dass es nicht in Ordnung war, sich nicht um ihre Pflichten zu kümmern. Zumindest wäre es das nicht für den Herzog. »Wir werden nicht weiter darüber sprechen.«

Irgendjemand würde es unweigerlich herausfinden. Beispielsweise über das Gastwirtspaar. Auch wenn sie ihre wahre Identität nicht kannten, der Kutscher des Earls kannte sie. Er hatte sie im Schankraum gesehen. Ohne Begleitung. Wie sie mit Will gesprochen hatte.

Während Alison durch das Zimmer eilte, aufräumte und neue Kleidung für ihre Herrin heraussuchte, spielte ein trotziges Lächeln um Caras Lippen. Wäre es wirklich eine so schlechte Sache, wenn der hochmütige Edelmann, mit dem ihr Vater sie vermählen wollte, entdeckte, dass die tugendhafte, stets auf Anstand bedachte Tochter eines Herzogs allein mit einem Mann in einem Gasthaus gewesen war? Ihre Lippen brannten. Ein Mann, den sie angefleht hatte, sie zu küssen, und nach dessen Küssen sie sich immer noch sehnte. Ein Mann, nach dem sie sich sehnen würde, bis sie eine alte Frau war, allein, mit nichts anderem als der süßen Erinnerung an diese paar Tage.

In uncharakteristischem Schweigen half Alison Cara aus ihrem Kleid und in das nächste. Dann machte sie sich mit geübten Fingern daran, Caras Locken zu einem ordentlichen Knoten zu frisieren. Während sie die Haare teilte und sie mit den Schmetterlingskämmen feststeckte, hing Cara ihren Gedanken nach.

Wie konnte ihre Zofe nicht wissen, dass, während sie das Bett gehütet hatte, Caras gesamte Welt auf den Kopf gestellt worden war?

»So, alles fertig, Mylady.«

Die blasse Haut ihrer Kammerzofe verriet, wie erschöpft sie war. »Du musst dich ausruhen«, sagte Cara leise.

Alison riss verwundert die Augen auf.

»Was ist denn?«, fragte Cara.

»Sie sind ... Sie sind ...«

Cara schaute das plötzlich verstummte Mädchen fragend an, wartete, dass sie den Satz beendete.

»So freundlich.«

Entschuldige dich nicht. Sprich nicht mit Bediensteten. Du bist auf keinen Fall freundlich zu ihnen. Sie stehen in jeder Beziehung weit unter dir. Ist das klar, Clarisse?

Die Ermahnung ihres Vaters fiel Cara wieder ein. Scham erfüllte sie bei der Verwirrung ihrer Zofe. Ihr gelang ein ironisches Lächeln. »Nun, es ist nie zu spät, etwas Neues zu lernen.« Sie ließ ihren Worten ein Zwinkern folgen, woraufhin das Mädchen leicht lächelte.

Caras Welt war ins Chaos gestoßen worden. Doch obwohl es sie völlig verwirrte, war es auch aufregend und sorgte dafür, dass sie die Ketten, die sie all diese Jahre gefesselt hatten, von sich werfen wollte. Sie hatten Alisons Kammer erreicht, und Cara brachte sie hinein. Auf der Schwelle blieb sie stehen. *Eine*

Entschuldigung, die man bekommt, ist eine Entschuldigung, die man verdient ... »Es tut mir leid«, sagte sie sanft.

Alison runzelte die Stirn. »Mylady?«

»Ich bin in den vergangenen Jahren wirklich nicht nett zu dir gewesen, und ...« Sie biss sich auf die Unterlippe. »Und das tut mir leid.«

Bevor die junge Frau antworten konnte, eilte Cara aus dem kleinen Raum und schloss die Tür hinter sich.

Sie betrachtete die Treppe und dann die Stufen am anderen Ende des Korridors, direkt hinter Wills Zimmer.

Will.

Die Kehle wurde ihr eng, und mit einer Verzweiflung, die sie zum Handeln zwang, machte sie sich schnell auf den Weg den Flur entlang, blieb für einen Moment vor seinem Raum stehen. Cara hauchte einen Kuss auf ihre Fingerspitzen und strich mit ihnen über das verkratzte Holz der Tür. Und dann ging sie weiter in Richtung Ställe.

* * *

William stand am Fenster. Die Eisblumen auf der Scheibe tauten, und alles, was blieb, war ein Wasserfilm, traurig und schmutzig. Er wischte mit seiner Hand darüber und hinterließ einen Abdruck seiner Handfläche.

Seine gepackten Satteltaschen spiegelten sich im Glas, während die warmen Sonnenstrahlen den Schnee auf dem Boden und der Straße schmolzen. Es war Zeit, aufzubrechen. Einen Moment schloss er die Augen.

Vor nur wenigen Tagen hatte ihn die Frau, die ihn am Ende der Reise erwartete, davon abgehalten, nach Hause zurückzukehren. Jetzt konnte er seine Beine nicht zwingen, sich zu bewegen, aus Gründen, die nichts mit seiner zukünftigen

Verlobten zu tun hatten, sondern allein mit Cara zusammenhingen. Doch ihre Märchenwelt, an die zu glauben sie sich erlaubt hatten, würde heute enden.

Irgendwann würden sich ihre Wege gewiss kreuzen, einfach wegen ihrer beider gesellschaftlichen Stellung. Ein zukünftiger Herzog und eine junge Dame, die einen hochgestellten englischen Adligen geehelicht hatte, würden sich ohne Zweifel eines Tages begegnen. Er atmete scharf ein. Was für ein Moment das wäre. Sie wären beide verheiratet mit ihren entsprechenden Partnern, und diese beiden vergangenen Tage wären bloß eine geheime Erinnerung, die sie teilen, aber niemals erwähnen würden, die nur in ihrem Geist existieren würde.

Ich könnte ihr einen Antrag machen …

Dieser verführerische Gedanke kam ihm flüchtig, und für einen kurzen Moment klammerte er sich an diese skandalöse und doch betörende Möglichkeit. Er fluchte, musste aber sogleich lachen, weil er an Caras heimliche Vorliebe für Flüche denken musste. Was wiederum faszinierende Fantasien über die Form ihrer Lippen hervorrief.

William wischte sich mit der Hand über die Augen. Womit hatte sie ihn verhext? Bei ihrem ersten Zusammentreffen hatte er die Lady nicht einmal gemocht. Aber dann hatte er genauer geschaut, hinter die sorgsam aufgebaute Fassade geblickt.

Was er dahinter entdeckt hatte, war eine Frau, die viel zu früh den Verlust ihrer Mutter hatte verkraften müssen und Jahre der Kälte von einem distanzierten Vater. Eine Frau, der man beigebracht hatte, genau das zu sein, was die Gesellschaft von einer anständigen englischen Dame erwartete, und die diese eisige Fassade aufgebaut hatte, um sich selbst vor Schmerz zu bewahren.

Das Leid, das in ihren blauen Augen aufblitzte, war jedoch die machtvolle Emotion, die zu einer jungen Dame gehörte, die sehr tief empfand – und die darum kämpfte, alle Gefühle zu unterdrücken. Ohne Zweifel in dem Versuch, sich selbst zu schützen. Doch tief innen war eine Frau, die sich nach mehr sehnte.

Und Gott mochte ihm helfen, er wollte das Versprechen, das ihm sein Vater abgenommen hatte, einfach vergessen und der Mann sein, der Cara gab, was sie verdiente.

Er zerrte an seinem Revers. Doch das war nicht möglich. Wenn er jetzt nicht ging, würde er nur tiefer unter ihren verführerischen Bann geraten. Er drehte sich um, gerade als er aus dem Augenwinkel etwas Grünes bemerkte. Will beobachtete, wie Cara die breiten, ausgetretenen Stufen hinunter in den immer noch tiefen Schnee nahm. Er schaute sich suchend nach ihrer Zofe oder dem Kutscher um, nach irgendwem … stellte aber fest, dass niemand da war. Immer wieder sah sie hinter sich und verschwand dann nach einem letzten heimlichen Blick über die Schulter im Stall.

Will wischte sich mit den Händen übers Gesicht. *Sie geht mich nichts an. Bald werde ich abreisen, und sie wird zurückbleiben und mit ihrem Leben weitermachen, genau wie ich mit meinem und …*

»Zur Hölle.«

William wirbelte auf dem Absatz herum und durchquerte eilig den Raum. Die Kleine hatte keinen Funken Verstand in ihrem Kopf. Er zog die Tür so heftig auf, dass sie in den Angeln wackelte. Wut erfasste ihn, als er entschlossen aus seinem Zimmer und über den kurzen Korridor marschierte. Er lief schnell die Treppe hinunter, ignorierte den Kutscher der Dame, der beim Frühstück saß, und trat aus dem Gasthaus.

Während er zu den Ställen stapfte, sang ein Vogel ein enervierend fröhliches Lied. Unter seinen Stiefeln spritzte der

Schnee hoch, als er der Spur von Caras kleineren Fußabdrücken folgte.

Mit jedem Schritt wuchs die Wut in seiner Brust. Was zur Hölle dachte sie sich dabei? Hatte sie nicht genug Grips, um zu erkennen, was ihr zustoßen könnte? Doch als behütet aufgewachsene Dame wusste sie nichts von den Gefahren, die ihr drohen mochten – skrupellose Männer, die nicht zögern würden, ihr die Unschuld zu rauben. Ein Knurren stieg ihm die Kehle hoch, und er eilte weiter.

»Teufel noch mal.«

Ihr halblauter Fluch drang durch die Tür und ließ ihn innehalten. Trotz seiner Verärgerung musste er grinsen. Leise schob er die Tür auf. Die verrostete Angel kreischte protestierend. Seine Augen brauchten einen Moment, um sich an das im Stall herrschende Dämmerlicht zu gewöhnen. Er blickte sich um und runzelte die Stirn. Es war, als wäre sie einfach verschwunden. Er suchte weiter nach dem Mädchen mit dem Goldhaar, das seine Gedanken beherrschte. Wo zum Teufel war sie hin …?

»Verdammt noch mal.«

Bei dem Ärger in Caras Stimme erstarrte er und sah nach unten, wo sie mit dem Oberkörper auf dem Boden unter der Kutsche lag. Mit wilden, abgehackten Bewegungen machte sie sich an der Achse des schwarz lackierten Gefährts zu schaffen.

Er runzelte die Stirn, als ein weiterer Schwall gemurmelter Flüche ertönte. Die Wut, die ihn in die Ställe gesandt hatte, strömte aus seinem angespannten Körper. Er kratzte sich den Kopf. »Versuchst du, die Achse zu brechen?«

Cara fuhr hoch und stieß sich prompt den Kopf am Unterboden der Kutsche. Sie krabbelte unter dem Gefährt hervor und setzte sich auf. Ihr Haar rutschte aus dem losen Knoten und ergoss sich über ihre Schultern. Er erstarrte, und für einen Moment stockte ihm bei ihrem Anblick der Atem. Ungebeten erschienen Bilder von ihr vor seinem geistigen Auge, nackt in seinem Bett, die goldblonde Mähne wie ein Vorhang um ihre verschlungenen Körper.

Himmel. Angewidert von sich selbst, zwang sich William, sich zu bewegen. Er lief zu ihr und kniete sich neben sie. »Hast du dir wehgetan?«, wollte er wissen.

Cara rieb sich den Kopf und runzelte die Stirn. »Nein«, antwortete sie und ruinierte dann diese Aussage, indem sie das Gesicht verzog.

William musste daran denken, was ihn dazu gebracht hatte, ihr nachzulaufen. »Was tust du hier eigentlich?«, fragte er wieder und schickte sich an, sich die Beule auf ihrem Kopf genauer anzusehen.

Sie zuckte zusammen, als er die gerötete Haut berührte. »Au!« Sie funkelte ihn an. »Ich wollte ...« Sie zuckte wieder zusammen, während er sie weiter untersuchte. »Muss das sein?«

»Ja«, erwiderte er ohne Zögern. William betastete die Haut, die sich schon dunkel verfärbte. »Du hast dir den Kopf verletzt.«

»Und mein Stolz hat auch was abbekommen«, murmelte sie.

Ah, Cara. Wie bedacht sie auf ihre Würde war. »Wolltest du die Kutsche beschädigen?« Ein Unterfangen, von dem sie ohne Zweifel wissen musste, dass es unmöglich war, und trotzdem hatte sie es versucht. Sein Magen zog sich zusammen. Welche Verzweiflung hatte sie dazu getrieben?

Sie entzog sich seiner Berührung und kam schnell auf die Füße, sodass sie für den kurzen Moment, in dem Will noch vor ihr kniete, größer war als er. »Was willst du von mir hören?«, fuhr sie ihn in scharfem Ton an. »Dass ich versucht habe, die verdammte Kutsche kaputt zu machen? Dass ich lieber zu der schrecklichen Mrs Belden zurückkehre als in mein eigenes Heim, weil mich dort nur Kälte und Leere erwarten?«

O Gott. Ihre Worte durchbohrten ihn wie ein Dolch. Ein Muskel zuckte an seinem Augenwinkel, und er streckte eine Hand aus. »Oh, Cara *mia*.«

Sie ignorierte die Geste, und er senkte seinen Arm wieder. »Ich will dein Mitleid nicht«, fauchte sie. »Ich will es nicht, u-und ich brauche es nicht.« Ihr Versuch, sich in Arroganz zu flüchten, wurde durch das leichte Zittern in ihrer Stimme ruiniert.

Jetzt begriff er auch, Cara wollte sich beschützen, nachdem sie von den Menschen, die sie hätten lieben und sich um sie kümmern sollen, im Stich gelassen worden war.

»Ich bemitleide dich nicht«, stellte er ruhig fest. Sein Herz schmerzte für sie, und er würde ihr Leid auf sich nehmen, wenn er das könnte, aber er würde sie nicht bemitleiden.

Mit wütendem Blick betrachtete sie sein Gesicht. Dann drehte sie ihm den Rücken zu.

Will legte ihr die Hände auf die Schultern. Sie versteifte sich. Wenn er ihr jetzt irgendwelche Gemeinplätze zuflüsterte, würde sie ihn von sich stoßen. »Wenn ich deinen Schmerz nehmen und ihn zu meinem machen könnte, würde ich es tun«, flüsterte er an ihrem Ohr.

Caras zierliche Gestalt bebte stärker. Er berührte mit den Lippen ihre Schläfe und ließ sie einfach weinen. Sie blieben dort stehen und forderten das Schicksal heraus, ohne sich vor Entdeckung zu fürchten. William schlang die Arme um sie und zog sie zurück an seine Brust. Er wappnete sich gegen ihre Ablehnung, aber dann schmiegte sie sich an ihn.

»Mein Vater hat mich vergessen.«

Für einen Moment glaubte William, sie nicht richtig verstanden zu haben.

»Mein Vater hat mich vergessen«, wiederholte sie, und diesmal sprach sie mehr wie zu sich selbst.

»Er hat dich vergessen?«, brachte er mit steifen Lippen hervor.

Bei ihrem brüsken Nicken verbiss er sich einen wüsten Fluch. Welcher Vater vergaß denn bitte sein Kind? Selbst in den Jahren, die er mit Reisen auf dem Kontinent und in Amerika verbracht hatte, hatten ihn die Briefe seines Vaters und seiner Mutter irgendwann erreicht. Briefe voller Liebe und Stolz und Fragen über seine Reisen. Eine Familie wie die, von der Cara sprach, war ihm völlig fremd. Zu wissen, dass ihr Leben so trostlos und arm gewesen war, sorgte für einen dumpfen, pochenden Schmerz in seinem Herzen.

William ballte die Hände zu Fäusten, und Cara zuckte zusammen. Er zwang sich, seinen Griff zu lockern. »Wann?« Seine Gefühle verliehen seiner Frage einen rauen Unterton.

Sie warf ihm über die Schulter einen Blick zu. »Jetzt.« Cara kräuselte die Nase, und er hätte seinen zukünftigen Titel als Herzog darauf verwettet, dass das Zittern in ihrer Stimme nicht von der Kälte stammte. »Nun, n-nicht jetzt.« Mit bebenden Fingern strich sie über das goldene Wappen, das an der Kutsche angebracht war. Er betrachtete den steigenden Löwen. »Das ist nicht sein Wappen. Dies ist nicht seine Kutsche.«

Er betrachtete sie verwirrt. *Nicht sein Wappen?* »Ich verstehe nicht«, sagte er langsam und versuchte zu begreifen, was sie ihm mitteilen wollte. Er öffnete den Mund, um nach der Identität des Bastards zu fragen, der sie so skrupellos gekränkt hatte. Er musste den Namen ihres widerwärtigen Erzeugers wissen.

Aber der Schmerz in ihren Augen raubte ihm die Worte, und der Moment war vorbei. Denn die Identität des Mannes zu kennen würde nicht den Schmerz mildern, den Cara jetzt hatte, den sie immer gehabt hatte.

»Dies ist die Kutsche, die mir von dem Vater einer Mitschülerin zur Verfügung gestellt wurde, nachdem mein eigener vergessen hatte, mich abholen zu lassen.« Ein humorloses Lachen kam über ihre Lippen. »Ohne Zweifel wollte er, dass ich meine Ferien in der leeren Schule verbringe, wo mich selbst die Rektorin, ein alter Drachen, verabscheut.«

Hass auf diesen Mann blendete William für einen Moment. Während er die letzten acht Jahre damit verbracht hatte, seinem Vater zu grollen, weil der wollte, dass er die Tochter des Duke of Ravenscourt heiratete, hatte er doch Freiheiten genossen und war sich der Liebe seines Vaters sicher gewesen. Was aber war mit Caras Glück? Wo war die Person gewesen, die sie geliebt und sich um sie gekümmert hatte?

Er hörte auf, ihr die Schultern zu reiben, und drehte sie vorsichtig herum. Sie erwiderte seinen Blick direkt. »Du verdienst mehr«, erklärte er leise. »Du verdienst es, zu lieben und geliebt zu werden. Du verdienst es, zu lachen und zu wissen, dass man sich für seine Gefühle nicht schämen muss.«

Ihre Unterlippe bebte, und sie hob die Hände. »Was sagt es über mich aus, dass mein eigener Vater mich nicht lieben kann?«

Hätte sie ein Schwert genommen und ihm ins Herz gerammt, hätte es nicht mehr wehtun können als dieser brennende Schmerz, der ihn bei ihren Worten durchfuhr. Seine Stimme war ganz rau, als er antwortete. »Es sagt nichts über dich aus, sondern nur etwas über ihn.« Ein Mann, den er frohen Herzens erdrosseln würde, wenn er ihn jemals treffen würde. *Aber das werde ich nicht. Nach diesem Zwischenspiel werden wir nie wieder auf diese Art zusammenkommen.* Diese Erkenntnis schnürte ihm die Kehle zu.

»Vielleicht«, erwiderte sie wenig überzeugt und lächelte ihn traurig an. »Aber vielleicht auch nicht.« Sie warf ihre Locken zurück. »Nicht dass es wichtig wäre. Weihnachten ist schließlich nur irgendein Tag des Jahres. Es ist nichts wirklich Besonderes daran.«

Erinnerungen drangen auf ihn ein. Wie die Weihnachtszeit für ihn gewesen war als Sohn des Duke of Billingsley – das Gelächter, die Feiern, seine Freude als Kind über die Shrewsbury-Kekse der Köchin. Er hätte seine Seele dafür verkauft, Cara zeigen zu dürfen, dass dies keine kalte, einsame Jahreszeit sein musste.

Während eine angespannte Stille zwischen ihnen herrschte, akzeptierte William, dass er nicht wie geplant heute abreisen konnte. Nicht nach all dem, was sie ihm erzählt hatte. Mehr denn je wünschte er sich, den Rest seiner Tage damit zu verbringen, ihr zu beweisen, dass jeder Moment etwas war, das man feiern sollte.

Er beugte sich vor und küsste sie aufs Ohrläppchen. Sie legte den Kopf zur Seite, um ihm einen besseren Zugang zu gewähren. Er nahm ihre Hand. »Komm mit mir.«

»Ich dachte, du wolltest abreisen«, sagte sie, ließ sich aber ohne Gegenwehr von ihm aus dem Stall und hinaus in den Schnee ziehen. Ihre Zähne klapperten laut. Ein leichter Windstoß fuhr unter ihre Mäntel und wirbelte den Stoff hoch. Ihre Worte waren voller Hoffnung und Erleichterung, und eine Freude ergriff ihn, die ihm eigentlich nichts bedeuten sollte.

»Noch nicht«, erwiderte er und half ihr durch eine Schneewehe, ignorierte die beißende Winterkälte. Er führte sie weg von den Ställen und bis zu dem Wacholderhain. In dem Wäldchen waren sie durch die verschneiten Bäume vor fremden Augen geschützt. Er ließ ihre Hand los und kniete sich hin.

Cara verschränkte die Arme und rieb sie, als würde sie versuchen, Wärme in ihre kalten Glieder zu bringen. »W-was tust du da?«, fragte sie, während er den Schnee zu einem Ball formte.

Er schaute hoch, und sein Herz zog sich zusammen, als er die Spuren bemerkte, die ihre Tränen hinterlassen hatten. Ihm gelang ein kleines Lächeln. »Sag mir nicht, du hättest noch nie einen Schneeball gemacht.«

Sie betrachtete die weiße Kugel und schaute ihn dann fragend an. »Nein, nie.«

Er wollte gerade aufstehen, doch ihre Worte ließen ihn innehalten. »Niemals?«

Cara schüttelte den Kopf, und ihre goldenen Locken flogen. Sie hörte auf, sich die Arme zu reiben, und zog an ihren Handschuhen. »Mein Vater hat solche Dummheiten nicht erlaubt.« Ihr Mund bildete eine schmale Linie.

Er war dankbar, dass sie jetzt nicht mehr so verzweifelt klang. Oh, es war egal, dass ihr Schmerz viel tiefer ging als diese Handvoll Tränen, die sie still vergossen hatte, aber sie hatte ein Recht auf sie – Wut, Schmerz, Abneigung. »Als ich ein Junge war, habe ich im Sommer Steine und im Winter Schneebälle geworfen, wenn ich aufgebracht war.«

Sie gab einen unwilligen Laut von sich. »Ich bin nicht aufgebracht. Mir ist n-nur einfach k-kalt.«

Seine Lippen zuckten bei ihrer indignierten Antwort. »Natürlich«, erwiderte er ernst. »Trotzdem ...« Er hielt ihr das runde Wurfgeschoss hin.

Cara kräuselte die von der Kälte gerötete Nase. »Ich werde keinen Schneeball werfen, Will.«

Er hob eine Augenbraue. »Weil Damen das nicht tun?«

»Gen... Uff!« Sie riss die Augen auf, sah ihn verdutzt an und senkte den Blick auf die Reste von Schnee, die noch an ihrem Mantel hingen. »Du ... Du ... hast mich getroffen.«

»Mit einem Schneeball«, gab er zu. »Du musst die Zügel, die du mit so festem Griff hältst, auch mal loslassen.« Rasch formte er einen weiteren Schneeball und warf damit nach ihr.

Cara wollte beiseitetreten, doch der Schnee behinderte sie, und sein Geschoss fand sein Ziel. Wenn Blicke Hitze übertragen könnten, hätte sie den Schnee mit der Wut in ihren Augen geschmolzen. »Hör auf, mich zu …« Er warf einen weiteren, der sie in den Bauch traf. »Jetzt reicht's«, murmelte sie und beugte sich herunter. Mit schnellen, wütenden Bewegungen formte sie einen …

Er lachte auf. »Was zur Hölle ist das?« Er zeigte mit dem Finger auf sie. Sie schürzte die Lippen und sah sich um. »Was ist was?« Dann folgte sie seinem Blick zu dem unförmigen Gebilde in ihren Händen. »Das ist ein Schneeball«, erwiderte sie mit derselben Empörung, als hätte er ihre Abstammung infrage gestellt.

William schnaubte. »Das ist ganz sicher kein …« Cara zog den Arm zurück und schleuderte das schiefe Geschoss auf ihn. Er duckte sich ohne Mühe aus dem Weg, und es flog an ihm vorbei. »Schneeball«, brachte er den Satz zu Ende.

Ein ganzer Strom bemerkenswert einfallsreicher Flüche erfüllte die Luft, während sie sich daranmachte, einen weiteren Schneeball herzustellen. Sie befeuchtete sich die Lippen und betrachtete das Objekt in ihrer Hand. Mit einem entnervten Seufzen hielt sie den Schneeball hoch, damit er ihn begutachten konnte. In ihren Augen stand eine Mischung aus Stolz und Unsicherheit.

Er betrachtete den runden Schneeklumpen und nickte leicht. »Der ist viel besser …« Sie warf ihn, aber er landete in einem traurigen kleinen Haufen mehrere Meter von ihm entfernt auf der Erde. William wackelte mit den Augenbrauen. »Du kannst das nicht besonders gut.«

Ihre Zähne klapperten. »D-das kommt daher, dass es a-albern ist. Es ist e-eiskalt und nass hier draußen.«

»Und das sind bloß Ausreden«, erwiderte er und verschränkte die Arme.

»G-gar nicht wahr.« Sie stampfte mit dem Fuß auf und fluchte, streckte die Arme zur Seite, um nicht umzufallen. »A-außerdem werde ich mich *nicht* besser fühlen, wenn ich einen Stein oder einen Schneeball werfe.«

William marschierte zu ihr, bemerkte die silbernen Flecken, die in ihren Augen tanzten. Er blieb nur eine Handbreit von ihr entfernt stehen. »Es geht nicht darum, dass du dich besser fühlst, Cara.« Wind kam auf, und eine lose goldene Locke fiel ihr in die Augen. Er strich sie ihr hinters Ohr.

»W-worum d-dann?«, presste sie mit klappernden Zähnen hervor.

Er beugte sich vor und flüsterte an ihren Lippen: »Es geht darum, etwas zu fühlen und zuzulassen, was du empfindest. Du bist wütend.« Sie öffnete den Mund, als wollte sie widersprechen, und er warf ihr einen Blick zu, der sie schweigen ließ. »Und das ist dein gutes Recht. Kein Vater sollte seine Tochter vergessen.«

Er war ja schließlich selbst wütend auf den gefühllosen Bastard. »Man muss sich dafür nicht schämen.« Er beugte sich wieder vor und formte einen weiteren Schneeball. Er richtete sich langsam auf und hielt ihn ihr hin.

Sie standen in einem stillen Willensstreit voreinander. Dann hob sie das Kinn und nahm ihm den Ball aus der Hand. Er stellte sich hinter sie. »Du brauchst ein Ziel.« Er sah sich um und zeigte dann auf den Stamm eines großen Wacholderbaums. »Nimm den Arm zurück. Weiter«, drängte er sie, als sie zögerte. »Eine fließende Bewegung, während du den Arm durchziehst und dann, mit all der Wut, die du für deinen Vater empfindest …«

»Ich bin nicht wütend«, presste sie heraus und ließ den Arm sinken. »Es ist mir egal, dass er mich vergessen hat.« Ihre frühere unausgesprochene Traurigkeit strafte diese Aussage Lügen. Doch er würde ihr ihren Stolz lassen.

»Wirf ihn gegen den Baum«, fuhr er fort, als hätte sie nicht gesprochen.

Ein langes, entnervtes Seufzen ertönte. »Oh, meinetwegen.« Sie folgte seinen Anweisungen und warf den Schneeball. Er segelte links am Stamm vorbei. »Da, bist du glücklich?«, fuhr sie ihn an. »Sind wir jetzt end…«

William legte sanft seine Hand um ihren Unterarm und hielt sie zurück. Wie viele Jahre hatte sie damit verbracht, die Empfindungen, die durch sie tobten, zu leugnen? »Ich bin überhaupt nicht glücklich. Das war ein fürchterlicher Versuch.«

Sie schürzte die Lippen. Wie schwierig es sein musste, durchs Leben zu gehen und stets zu verbergen, wer man war und was man fühlte – sogar vor sich selbst. Er erwiderte ihren Blick fest. »Du musst dich deinen Gefühlen stellen, Cara.«

* * *

Seine Worte umfingen sie wie die Umarmung eines Liebhabers. Er zeigte ihr diese verführerisch glitzernden … *Gefühle* und forderte sie heraus, diesen Teil von sich anzunehmen, der vor Leben förmlich pulsierte. Empfindungen strömten auf sie ein. Wie lange hatte sie Angst gehabt, dass man sich über sie lustig machen oder sie verurteilen würde? In ihrem bisherigen Leben hatten die Mädchen, die zu kennen sie das Pech hatte, und selbst die Bediensteten ihres Vaters sich an ihren Fehlern geweidet. So sehr, dass sie versucht hatte, genau die perfekte Eisprinzessin zu werden, für die William sie gehalten hatte.

Die alte Wut und die Verletztheit wegen der Missachtung ihres Vaters drängten sich an die Oberfläche, und damit die Jahre der Einsamkeit und der Stille, die sie in einem Haushalt ertragen hatte, in dem sie für ihren Bruder genauso gut unsichtbar hätte sein können. *Es gehört sich nicht für eine Lady, zu weinen, selbst nach dem Tod der Mutter …*

Ein unwilliger Laut, fast wie das Knurren eines wilden Tieres, stieg ihr die Kehle hinauf, sie beugte sich vor und formte einen perfekten runden Schneeball, schleuderte ihn gegen den Baumstamm. Er traf sein Ziel mit einem lauten, befriedigenden Klatschen. Überrascht sperrte Cara den Mund auf, und sie sah von dem zurückgebliebenen Schneestaub, dem Beweis ihres Sieges, zu Will. Er stand an ihrer Seite, ein sanft ermutigendes Lächeln auf den Lippen. »Ich ... ich hab's getan.«

»Natürlich hast du das«, sagte er und beugte sich vor. Er stellte ein neues Geschoss her und hielt es ihr hin.

Sie nahm es, ohne zu zögern. »Das hier ist, weil du mich vergessen hast«, rief sie dem Baum zu. Sie warf einen weiteren Schneeball und traf dieses Mal ebenfalls.

Will versorgte sie mit einem weiteren.

»Das hier ist, weil du mir nicht erlaubt hast zu malen.« Sie schleuderte den nächsten. Ihre Brust hob sich von der Macht ihrer körperlichen Anstrengung, und die reinigende, heilende Kraft durchströmte sie. Er fuhr fort, ihr perfekt geformte Schneebälle zu reichen.

»Und weil du mich an einen Mann genau wie dich verheiraten willst.« Dieses Mal bückte sich Cara und formte ihren eigenen Schneeball. »Aber ich bin in keiner Weise wie du«, schrie sie in die Stille. Als sie ihn warf, wusste sie nicht länger, ob die wütende Energie, die ihr Kraft verlieh, von dem traurigen, bemitleidenswerten kleinen Mädchen kam, das sie gewesen war, allein in einer lieblosen Welt, oder von der bitteren, wütenden jungen Frau ohne Freunde, die sie geworden war.

Sie warf immer mehr, bis ihr Arm schmerzte und ihr Atem schnell und hastig kam. Und dann starrte sie den Wacholder an, dessen Äste herabhingen unter dem Gewicht der schmelzenden Last. Als die Spannung aus ihr wich, verging sie förmlich unter der Erniedrigung, Will in ihre Welt gelassen zu haben.

Niemals hatte sie irgendjemanden ihr so nahe kommen lassen, und plötzlich hasste sie ihn, weil er sie dazu gebracht hatte. Und noch mehr, weil sie es gewollt hatte.

Sie biss die Zähne aufeinander. »Ich mache das nicht weiter mit. Es ist albern«, beschwerte sie sich und schüttelte die Röcke aus. Doch als sie sich umdrehte, glitt sie auf dem Schnee aus und verlor das Gleichgewicht.

Sie schrie auf und ruderte mit den Armen, um nicht zu fallen. Aber all ihre Bemühungen waren umsonst, und sie landete auf dem Po. Sie schloss die Augen und wappnete sich für Wills Gelächter – auch wenn sie es ihm nie verzeihen würde, dass er sie dazu gebracht hatte, sich derart zu öffnen, und sich dann über sie lustig machte. Der Schnee knirschte unter seinen Stiefeln, als er zu ihr trat. Er streckte sich neben ihr aus, und ihre Schultern berührten sich. Sie öffnete die Augen und drehte den Kopf leicht zur Seite, um ihn anzusehen.

Er hielt seinen Blick auf die Baumspitzen gerichtet. »Es ist wunderschön, nicht wahr?«, flüsterte er. Das Blau des Morgenhimmels strahlte über ihnen.

Es gelang Cara, zu nicken, aber dann erinnerte sie sich, dass er das nicht erkennen konnte, weil er ja nach oben schaute. »Ich … Das ist es.« Ein Kälteschauer durchlief sie. Sie fühlte sich leer und verzweifelt, und das hatte nichts zu tun mit dem eisigen Boden, dessen Kälte durch den Stoff ihres gefütterten Mantels drang, sondern lag allein an der Tatsache, dass sie diesen Mann nie wiedersehen würde.

Stumm kam er auf die Füße und hielt ihr eine Hand hin.

Cara wollte ihn deswegen anfahren, und wenige Tage zuvor hätte sie diese Geste mit einer höhnischen Bemerkung quittiert. Jetzt legte sie ihre Fingerspitzen in seine behandschuhte Hand und erlaubte ihm, ihr aufzuhelfen. »Du wirst heute weiterreiten?« Sie betete, dass er das leichte Zittern ihrer Stimme der Kälte zuschreiben würde.

Will senkte seinen Mund auf ihren und rieb seine Lippen darüber. »Das muss ich.«

Natürlich musste er das. Sie nickte abgehackt, die Tränen und die Enge in ihrer Kehle machten Worte allerdings unmöglich. Er war es, der diesen letzten gestohlenen Moment des Glücks beendete, den sie je gekannt hatte.

Ein weiterer Windstoß fuhr durch die Bäume über ihnen und ließ Schnee herabrieseln.

Ihre Brust und seine hoben und senkten sich im gleichen Rhythmus, schnell und heftig. »Wir müssen zurück.« In Wills tiefem Bariton schwang unüberhörbar Widerwillen mit.

»Ja.« Sie hätten sich niemals fortstehlen sollen, und doch würde sie jederzeit ihre Ehrbarkeit und ihren guten Namen dafür eintauschen, mit ihm hier zu sein.

Er senkte den Kopf und strich mit seinem Kinn über ihr Haar. »Wenn man uns entdeckt, bist du ruiniert«, flüsterte er.

Ja, das stimmte, und irgendwann einmal hatten solche Überlegungen etwas bedeutet. Jetzt nicht mehr. Cara stellte sich auf die Zehenspitzen und presste ihre Lippen auf seine. Er erstarrte, als sie ihn küsste, und mit einem Stöhnen schlang er die Arme um sie und zog sie enger an sich. Liebte sie mit seinem Mund, wie sie es sich gewünscht hatte seit der Nacht auf dem leeren Korridor des Gasthauses.

Sie legte den Kopf zur Seite, erforschte seinen Geschmack – Pfefferminz und Punsch –, prägte sich all dies ein, sodass sie es immer in sich tragen würde in der langen, kalten, einsamen Zukunft, die sie erwartete.

Ihre Umarmung war voller Angst und Verzweiflung. Ihr Atem ging rau und hastig, und sie schlang ihm die Arme um den Nacken. Will schluckte ihr verzweifeltes Wimmern. Es war nicht genug. Es konnte nie genug sein. Er bewegte seine großen, kräftigen Hände über ihren Körper, und durch den Stoff ihres Umhangs legte er sie auf die sanfte Rundung ihres Hinterns. Mit einem fast schmerzvollen Stöhnen zog er sie an sich.

Ihr Kopf fiel zurück, und ein lang gezogener Klagelaut kam ihr über die Lippen. »Will.«

Kapitel 10

Caras heisere Bitte enthielt so viel atemloses Verlangen, wie es schon bessere Männer als William in die Knie gezwungen hatte.

Er fuhr ihr mit den Lippen über den Hals, knabberte zärtlich an ihrer Haut, bis er ihr ein Keuchen entlockt hatte.

»Welchen Bann hast du über mich geworfen?«

»Den gleichen wie du über mich.« Ihre gehauchte Antwort strich über seine Wangen, und er hob den Kopf. Ihre Lippen teilten sich sehnsüchtig, und ihre dichten Wimpern verbargen die Leidenschaft, die in ihren Augen glomm und auf eine Frau hinwies, die ihn zwischen ihren Schenkeln willkommen heißen würde. Einen selbstsüchtigen Moment lang verzehrte ihn das körperlich spürbare Verlangen, der Erste für sie zu sein, der Mann, der ihr statt des Mistkerls, der eines Tages das Recht auf dieses Geschenk haben würde, die Unschuld nahm.

Er schloss die Augen, wollte zu jenen rücksichtslosen Männern gehören, die ihr eigenes Vergnügen – und das der Dame – über ihr Ehrgefühl stellen würden. Andererseits würde ohnehin kein wahrhaft ehrenwerter Gentleman mit einer unverheirateten Dame allein sein, sie küssen, wie er es jetzt tat.

»Warum hast du aufgehört?« Die Unsicherheit in ihren Augen zerrte an seinem Herzen.

William fluchte stumm und ließ die Hände sinken. »Wir können das nicht tun, Cara.« Die Muskeln in seinem Magen verkrampften sich. »Du gehörst einem anderen.«

Kamen diese rau hervorgestoßenen Worte tatsächlich von ihm? Und obwohl er nicht wirklich verlobt war und ihn nur ein Versprechen band, das er seinem Vater gegeben hatte, war auch sein Schicksal besiegelt. Während ihn diese Tatsache zuvor mit hilfloser Wut erfüllt hatte, wollte er jetzt gegen das Schicksal aufbegehren, weil es ihn diese Frau kostete. Er hatte seine Seele für bloße acht Jahre verkauft, und für diese flüchtige Begegnung zur Weihnachtszeit.

Einen Moment lang verzog Cara das Gesicht wie im Schmerz, und sie hätte ihm ebenso gut einen Dolch in die Brust stoßen können, so heftig empfand er die Qual, ihr wehtun zu müssen. »Gut«, antwortete sie mit leiser Stimme, die in krassem Gegensatz zu dem eisigen, gefühllosen Tonfall stand, den sie zuvor benutzt hatte.

Glaubte sie, dass es ihm egal wäre, dass sie einem anderen versprochen war? Eifersucht legte sich wie ein roter Schleier vor sein Sichtfeld, blendete ihn vorübergehend. Es war sicherer, wenn sie glaubte, er wäre unberührt von dem Zauber dieser letzten paar Tage, aber dennoch konnte er nicht wegreiten, ohne ihr zu sagen, dass sie ein unauslöschliches Zeichen auf seiner Seele hinterlassen hatte.

Er hob ihr Kinn. »Wenn die Umstände anders wären«, sein Gesicht verzog sich zu einer Grimasse, und sie senkte den Blick. »Wenn ich ein anderer Mann wäre und du eine andere junge Frau und wir uns getroffen hätten …« Bevor er sich auf die Abmachung eingelassen hatte. Da konnte sie ja kaum mehr als ein Kind gewesen sein. Bei dem Gedanken erschien vor seinem geistigen Auge ein Bild von ihr, wie sie zu der Zeit gewesen sein mochte. Ein junges, einsames Mädchen, allein der eisigen Zurückhaltung ihres Vaters ausgesetzt. Schmerz durchzuckte ihn. Wie sehr er wünschte, jemand wäre damals für sie da gewesen.

Und wie sehr er sich wünschte, jetzt dieser Mensch zu sein.

»Das interessiert mich nicht«, begann sie, die Augen auf seinen Hals gerichtet.

William wappnete sich.

»Es interessiert mich nicht, dass du illegitim bist.« Ihre Worte drangen in seine sehnsüchtigen Gedanken. Er runzelte die Stirn. Sie glaubte, er sei der uneheliche Sohn irgendeines Adeligen? Während er noch versuchte, diesem irrigen Schluss zu folgen, zu dem sie irgendwie gelangt war, fuhr sich Cara mit der Zungenspitze über die Lippen.

In ihren Augen leuchteten Empfindungen, und die unausgesprochenen Worte, die ihr auf den Lippen lagen, drohten ihn zu verschlingen. Worte, von denen er wusste, dass sie kommen mussten.

»Ich ...«

Sein Inneres zog sich schmerzhaft zusammen. Denn wenn sie sie aussprach, würde sich alles ändern ... und doch gleichzeitig rein gar nichts.

»Ich liebe dich.«

O Gott. Ihre Erklärung schlug über ihm zusammen, versengte und befreite ihn zur gleichen Zeit, betörte ihn auf eine Weise, die er nie für möglich gehalten hätte.

»Oh, Cara *mia*.« Er strich mit den Lippen über ihre Schläfe.

»Es interessiert mich nicht«, wiederholte sie, und dann brachen sich ihre Worte Bahn, überschlugen sich beinahe. »Ich weiß, du glaubst vermutlich, dass es mir wichtig wäre, weil du denkst, ich wäre eine Eisprinzessin ohne Gefühle.«

Scham regte sich in seiner Brust und breitete sich in ihm aus. Wie unfair hatte er über sie geurteilt! Er hatte sich nicht die Mühe gemacht, zu bedenken, dass das Leben sie geformt hatte, so wie ihn auch. Sein Traum von Freiheit von dem erstickenden

Leben, das ihm als Sohn eines Herzogs bevorstand, hatte großen Einfluss darauf, wer er war.

Cara nahm sein Gesicht zwischen die Hände. Obwohl ihre Handschuhe durchweicht und nass waren, spürte er die Hitze ihrer Finger. »Ich habe jahrelang nichts gefühlt und habe geglaubt, ich sei unfähig, etwas zu empfinden – irgendetwas –, ja, ich habe es mir noch nicht mal gewünscht.« Ein Laut, halb Lachen, halb Schluchzen, kam über ihre fein geschwungenen Lippen. »Doch du hast das durchschaut, erkannt, dass es nicht stimmt. Du hast mich angesehen, wie mich zuvor niemand angesehen hat, nicht mal meine eigene Familie, und ich möchte dich.« Ihre Worte hallten durch den verschneiten Wald.

Er schloss erneut die Augen angesichts der verheißungsvollen Zukunft, die sie ihm aufzeigte – den Traum, den seine Eltern ihm vorenthalten wollten, wegen der Verbindung mit einer Familie, die ihnen erstrebenswert erschien. Er öffnete und schloss den Mund mehrere Male. Konnte er das Wort, das er seinem Vater gegeben hatte, zurücknehmen? »Es geht nicht.«

Aber warum eigentlich nicht? Es gab keinen formalen Vertrag. Es gab nur das Versprechen seinem Vater gegenüber, und der würde seinen Sohn sicher daraus entlassen, wenn William ihm erklärte, dass er diese Frau liebte.

Die Luft in seinen Lungen gefror.

Ich liebe sie.

Caras glockenhelles Lachen erklang auf der Lichtung. »Natürlich können wir. Begreifst du es nicht?« Sie verstärkte ganz leicht den Druck ihrer Hände. »Mich interessiert es nicht, welche Pläne mein Vater für mich hat oder was er möchte, welchen Mann ich seiner Meinung nach heiraten soll. Ich will *dich*.«

Und Gott mochte ihm beistehen ... Er schloss die Augen. Es war auch ihm egal. Das kennzeichnete ihn als unehrlich auf so viele Weisen. Weisen, die wichtig waren. Trotzdem war sie noch wichtiger. William blickte sie wieder an.

Ihr Lächeln verblasste. »Glaubst du mir nicht?« Röte stieg ihr in die Wangen. »Oder denkst du, ich könnte so etwas nach so wenigen Tagen gar nicht wissen? Ich tue es aber, Will.« Sie strich mit ihren Lippen über seine.

* * *

Jahrelang hatte man Cara damenhaftes Benehmen eingetrichtert. Es bestimmte ihre Gedanken und Handlungen, und diese jahrelange Erziehung lehnte sich gegen das auf, was sie da tat. Doch ihr Wille behielt die Oberhand über ihren Verstand und ihre Gefühle, und die Macht, die sie dabei erfüllte, war berauschend.

In dem Moment, in dem sie William ihre Liebe gestanden hatte, hatte sich eine überschäumende Leichtigkeit in ihr ausgebreitet. Nach dem Tod ihrer Mutter hatte ihr Vater sie wegen ihrer Tränen und ihres Kummers verhöhnt. Wie falsch das von ihm gewesen war. Es war überhaupt nichts Beschämendes daran. Es war Freude und Schönheit und ein unfassbares Glücksgefühl. Wie hatte sie das zuvor nicht begreifen können?

Weil ich da Will noch nicht kannte.

Cara ließ den Blick über sein geliebtes Gesicht gleiten und kümmerte sich nicht darum, ob dies ihr Ruin war oder dass ihr Vater vermutlich jegliche Verbindung zwischen ihr und Will als Rache an ihm betrachten würde. Zum ersten Mal hatte sie die Kontrolle über ihre Empfindungen.

Sie unterbrach den Kuss. »Ich liebe dich«, flüsterte sie an seinen Lippen. Ihr Herz setzte einen Schlag aus, während sie darauf wartete, dass er diese wunderbaren Worte auch zu ihr sagte.

»Ich bin nicht ganz aufrichtig mit dir gewesen«, erklärte er schließlich beinahe barsch und so zögernd, wie sie es von ihm bisher gar nicht kannte.

»O Gott.« Ihr schnürte sich die Brust zusammen. Eine kalte Welle durchlief sie, als ihr ein hässlicher Verdacht kam. Sie wich ein Stück zurück, legte sich eine Hand an den Hals. »Du bist verheiratet.« Ihr Herz brach angesichts dieser schrecklichen Möglichkeit.

»Nein.« Das kam unverzüglich, und seine Stimme klang heiser. Er fuhr sich mit einer Hand durchs Haar. »Denkst du, ich wäre hier mit dir, wenn ich verheiratet wäre?«

»Ich ...«

Seine Worte ließen sie innehalten. Genau das war es, was sie allen Männern zutraute. Ihr Vater hatte sich als Schuft erwiesen, der sich sein Vergnügen gedankenlos dort nahm, wo er wollte. Zu den Erinnerungen, die sie an ihre Kindheit hatte, als ihre Mutter noch gelebt hatte, gehörte eine einsame Frau, die in ihren Gemächern weinte, wenn sie glaubte, ihre Tochter würde es nicht hören. Ihre Mutter war es auch gewesen, von der sie die befreiende Wirkung des Fluchens gelernt hatte. Will war anders, und obwohl sie ihn mit ganzer Seele liebte, konnte sie sich nicht wirklich einen Reim auf ihn machen.

Er legte ihr eine Hand in den Nacken, fuhr mit seinen Fingern zärtlich über ihre Haut. »Du hast kein großes Vertrauen in die Ehre eines Gentlemans, was?« Bedauern lag in seiner Bemerkung.

Sie brachte ein ironisches Lächeln zustande. »Man hat mir nicht viel Grund dazu gegeben.« Ihr Vater mit seinen zahlreichen unehelichen Kindern überall im Land und ihr Bruder, der sein Leben einzig seinem Vergnügen widmete, diese beiden Männer hatten dazu beigetragen, dass sie sich damit abgefunden hatte, dass Männer selbstsüchtig waren und ihre eigenen Wünsche über die aller anderen stellten.

Und das war die Welt, in die sie morgen weiterfahren würde. Ungebeten wanderte ihr Blick zwischen den Bäumen zu dem Stall, in dem die Kutsche des Earls stand. Panik wallte in ihr auf. Denn wenn sie die Weiterreise vom Fox & Hare Inn antrat, würde sie wieder vergessen, zu lächeln und zu lachen, und langsam wieder die einsame, frostige Eisprinzessin werden, die von allen gehasst wurde.

Sie schaute ihn fragend an. »Was soll ich nur tun?«

* * *

»Komm«, sagte William und drehte sich um, führte sie tiefer zwischen die Bäume. Neben einem hohen Wacholder blieb er stehen. »Hast du jemals zuvor einen Weihnachtszweig gebunden, Cara?«, fragte er, als er sie losließ und zu dem Baum trat, auf dem eine grüne Pflanze mit weißen Beeren wuchs.

Aus dem Augenwinkel sah er sie den Kopf schütteln. Er bückte sich, zog seinen Dolch aus dem Stiefel und machte sich dann daran, ein paar von den immergrünen Zweigen abzuschneiden. »Misteln waren den Druiden heilig«, erklärte er. »Und man schreibt ihnen Heilkräfte zu. Außerdem sollen sie Glück bringen.« Er hielt ihr sein Werk prüfend hin, und sie betrachtete es schweigend. Ihre Blicke begegneten sich, verfingen sich. »Es gibt eine Regel, die besagt, dass keine Frau unter dem Zweig einen Kuss verwehren darf.«

Sie berührte die weißen Beeren mit einer Fingerspitze. »Oh, Will. Du brauchst keinen Mistelzweig, um mich küssen zu dürfen.« Trotz der eiskalten Luft breitete sich bei dieser kühnen Erwiderung brennende Hitze in ihren Wangen aus.

Er senkte den Kopf und bedeckte ihre Lippen mit seinen, in einer sanften Berührung. Sie hob die Hände und legte sie ihm auf die Brust. Sein Herz pochte. William legte seine Stirn gegen ihre und atmete tief ein. Er hatte gedacht, diese paar Tage würden ausreichen, um ihn durch die kalte Zukunft, die ihn erwartete, zu bringen.

Doch er konnte das Versprechen, das er seinem Vater vor Jahren gegeben hatte, nicht halten. Cara und dem Glück, das sie ihm bringen würde, konnte er unmöglich einfach den Rücken kehren. Er atmete scharf ein, genoss ihren wunderbaren Duft nach Pfefferminze und Zitrone. »Ich liebe dich.« Sie erstarrte. »Und so wahr mir Gott helfe, Cara, ich kann dich nicht verlassen.«

Es hatte etwas wunderbar Befreiendes, diese Worte auszusprechen. Später würde er Scham darüber empfinden, das Versprechen gegenüber seinen Eltern zu brechen, aber Cara stand für die Ewigkeit.

Sie ließ ihren Blick über ihn wandern. Furcht rang mit Hoffnung. William strich ihr mit dem Daumen über die Unterlippe. »Ich begehre dich.« Und zwar auf die Weise, die sie verdiente – sie verdiente es, dass sie umworben wurde, sich dann verlobte und schließlich heiratete.

Ihre Lippen teilten sich, und ihr entwich ein leiser Schluchzer. William schlang die Arme um sie, zog sie an seine Brust. »Ich möchte dir den Hof machen, so wie es sich gehört. Der Mann, der glaubt, er habe einen Anspruch auf dich, kümmert mich nicht«, verkündete er und rieb seine Wange über ihre seidigen Locken.

Sie stand reglos in seinen Armen. »O Will«, sagte sie, und ihre Stimme brach. Sie lehnte sich zurück, und in ihren Augen brannte der Schmerz. »Mein Vater wird es nie erlauben.«

Er nahm ihre Hände in seine. Sie verdiente es, zu erfahren, wer er in Wirklichkeit war. »Du hast nach meiner Geschichte gefragt, Cara«, begann er mit leiser Stimme. »Ich bin nicht unehelich geboren.«

Sie legte den Kopf schief.

»Ich bin der Erbe eines Herzogs.«

In all den Jahren hatte die Reaktion auf diese Erklärung aus Ehrfurcht und Bewunderung bestanden, aber erneut erwies sich Cara als völlig anders als alle vor ihr.

Ihre Wangen wurden bleich, sodass sie fast genauso weiß waren wie der Schnee zu ihren Füßen. Sie hob die Hände an ihre Kehle. »Was?« Er runzelte die Stirn, während sie unsicher einen Schritt zurückwich.

Zum ersten Mal in den sechsundzwanzig Jahren seines Lebens bestand die Reaktion auf seine Abstammung aus Entsetzen. Glaubte sie, er würde sie wegen seines Titels nicht heiraten? Er drehte die Hände, sodass die Handflächen nach oben zeigten. »Du hast gefragt, ob ich verheiratet wäre ...«

Ihr gequältes Stöhnen unterbrach ihn, und sie taumelte rückwärts, hielt sich mit beiden Händen die Ohren zu. »O Gott, du *bist* verheiratet.« Sie stolperte über ihre eigenen Füße in ihrer Hast, von ihm fortzukommen, und fiel in eine Schneewehe.

Mit einem stummen Fluch marschierte William zu ihr. Er hielt ihr eine Hand hin, und sie verzog wie im Schmerz das Gesicht. Ohne seine Hilfe anzunehmen, kam sie umständlich auf die Füße. Natürlich kannten sie einander erst wenige Tage, doch ihr mangelndes Vertrauen zu ihm verriet deutlich, was sie bisher erlebt hatte. Dennoch schmerzte es, dass sie ihm so ein Verhalten zutraute. Trotz der Eiseskälte des Schnees, die er durch den Stoff seiner Hosen spürte, schien ihn die Verletztheit und Wut, die sie ausstrahlte, zu erfassen und zu verbrennen.

»Nein«, beeilte er sich zu erwidern. Er hielt ihr wieder die Hand hin, aber sie starrte sie bloß finster an. Mit einem Fluch fuhr er sich durch die Haare. Himmel, er richtete gerade heilloses Chaos an. »Meine Lage unterscheidet sich nicht so sehr von deiner. Mein Vater möchte, dass ich eine Frau heirate, weil sie ihm Einfluss bringen wird.«

Cara zögerte, und ihr hektischer Atem klang in der winterlichen Stille überlaut. Sie musterte ihn aus schmalen Augen, und etwas von dem Zorn wich aus ihrem Blick. Sie betrachtete ihn weiterhin mit dem gleichen Argwohn, der seinen Grund nur in ihrer Vergangenheit haben konnte – als Schachfigur in den Machtspielen eines rücksichtslosen Adeligen.

»Bist du verlobt?« Ihre Stimme klang flach, enthielt keinen Anflug von Gefühl.

»Nein, Cara *mia*.« Er nahm ihre Hände in seine, und diesmal stieß sie ihn nicht zurück. »Das ist es, was ich versucht habe, dir zu sagen. Ich bin von meinem Vater nach Hause gerufen worden in der Erwartung, dass ich sie heirate.« Seine Kiefermuskeln verspannten sich bei der Erinnerung an das junge Mädchen. »Als ich sie kennengelernt habe, war sie kaum mehr als ein Kind. Sie ist die Patentochter meiner Mutter. Meine einzigen Erinnerungen an sie sind die an ein Mädchen, das gefühllos und grausam den Dienstboten gegenüber war. Die letzten acht Jahre habe ich damit verbracht, mich vor meiner Pflicht zu drücken, um nicht tun zu müssen, was von mir erwartet wird.« Er schüttelte verbittert den Kopf.

»Dann liebst du sie nicht?«, erkundigte sie sich zögernd.

Er schnitt eine Grimasse. »Himmel, nein.« Er hob ihre Hände an seine Lippen und hauchte einen Kuss auf die Innenseite an jedem Handgelenk. »Sie ist die Tochter eines Herzogs, ein kaltherziges Geschöpf, das ganz nach seinem Bild geformt wurde.«

Cara erstarrte. »Sie ist die Tochter eines Herzogs?«

Auf diese geflüsterte Frage antwortete William mit einem knappen Nicken.

Alle Farbe wich aus Caras Wangen. »Wie lautet ihr Name? Der von diesem kaltherzigen Geschöpf, das du nicht heiraten möchtest?«

Er wusste sich keinen Reim auf den Schock zu machen, den er in den Tiefen ihrer blauen Augen wahrnahm, und runzelte verwirrt die Stirn. Glaubte sie, er wäre ein Mann, der sich auch nur einen Deut um Titel scherte? »Cara, das ist völlig unerheblich. Es gibt keine förmliche Absprache. Es sind keinerlei Gefühle involviert.« Er hob ihr Kinn. »Ich möchte *dich* heiraten.«

»Wie heißt sie?«, verlangte sie zu wissen, und ihre Stimme hatte einen schrillen Unterton.

»Lady Clarisse Falcot, die Tochter des Duke of Ravenscourt«, sagte er ruhig, und einen entsetzlichen Moment lang fürchtete er schon, dass sie diese Frau kannte.

Doch wenn dieser Name ihr irgendetwas bedeutete, so ließ sie sich das nicht anmerken. Sie richtete ihren Blick auf eine Stelle hinter seiner Schulter. Ihr Schweigen war die einzige Antwort auf sein Geständnis. Nach einer längeren Pause, die allein von dem morgendlichen Ruf eines Vogels unterbrochen wurde, schlang Cara die Arme um sich.

»Du möchtest lieber mich heiraten«, begann sie mit einem stockenden Flüstern. »Aber du kennst mich gar nicht wirklich.« Verbitterung und Verletztheit ließen ihre Worte gebrochen klingen. Sie rieb sich mit den Händen über die Arme. »Du kennst mich wenige Tage, diese andere Frau hingegen wie lange? Elf Jahre?« Sie schüttelte leicht den Kopf. »Begreifst du nicht, dass ich diese Frau bin?«

William protestierte mit einem unbestimmten Laut. »Sag so etwas nicht«, verlangte er. Er legte einen Arm um sie. »Du bist überhaupt nicht wie sie.«

»Ach, nicht?« Sie hob eine dunkelgoldene Augenbraue. »Ich bin die gleiche Frau, die einem Diener befohlen hat, in den Schneesturm hinauszugehen, um meinen wertlosen Tand zu holen.«

»Es war die Halskette deiner Mutter«, erwiderte er durch zusammengepresste Zähne.

»Ich bin genau diese kalte und überhebliche Frau.«

Wie konnte sie glauben, dass sie auch nur ansatzweise wie die Frau war, von der seine Eltern wollten, dass er sie heiratete? Er öffnete den Mund, aber dann bemerkte er in den Tiefen ihrer Augen Resignation. Ihm stockte der Atem. Bei Gott, sie würde ihn abweisen. Obwohl sie gesagt hatte, dass sie ihn liebte, dass sie allein mit ihm glücklich sein könnte, würde sie ihn abweisen. Und weswegen? Aus einem falsch verstandenen Sinn für das heraus, wofür sie sich hielt.

William tastete sich langsam vorwärts. Ein falsches Wort, und er würde sie für immer verlieren. »Anfangs habe ich das geglaubt«, erklärte er ruhig. »Die vergangenen acht Jahre habe ich damit verbracht, jeder Frau aus dem Weg zu gehen, die mich an Lady Clarisse erinnerte.« Seine Lippen verzogen sich unwillkürlich verächtlich, als er den Namen aussprach. »Ich möchte dich, Cara. Ich liebe dich«, erklärte er dann mit Entschiedenheit, wollte sie dazu bringen, ihm das zu glauben.

Kapitel 11

Lady Clarisse Falcot. Himmel! Die Frau, der er jahrelang aus dem Weg gegangen war, war niemand anders als … sie. Caras Magen hob sich. Während Will sprach, war es, als dränge seine Stimme über einen langen Flur zu ihr.

Ihre Gedanken wirbelten durcheinander, waren völlig außer Kontrolle geraten. Will, der Fremde aus dem Gasthof, war niemand anders als der Mann, mit dem ihr Vater sie verloben wollte.

Sie starrte ihn an, beobachtete, wie seine Lippen sich bewegten, und versuchte, sich einen Reim darauf zu machen. Sie müsste sich doch eigentlich freuen, dass der Mann, in den sie sich verliebt hatte, in Wahrheit ihr zukünftiger Verlobter war. Nur empfand sie so nicht. In ihr war eine grimmige Leere.

Tränen sprangen in Caras Augen und ließen Wills Gesicht verschwimmen. Ein panischer Laut, halb Schluchzen, halb Lachen, blieb ihr in der Kehle stecken ob dieser Komödie voller Irrungen und Wirrungen, die ihr Leben in diesem Fall war.

Seit dem Tod ihrer Mutter war alles, was sie sich gewünscht hatte, Liebe gewesen. Sie hatte sie sich gewünscht, obwohl sie gewusst hatte, dass sie dieses Gefühl nicht verdiente. Und dieser Wunsch, zu lieben und geliebt zu werden, war unter den Händen ihres Vaters einen raschen Tod gestorben. Sie hatte schon früh begriffen, worin ihr einziger Wert für ihn bestand – und das war nicht viel.

Der Schmerz dieser Erkenntnis, dass sie dem Mann so wenig bedeutete, dessen Fleisch und Blut sie war, hatte sie dazu veranlasst, ihr Verlangen nach Liebe zu unterdrücken. Und jetzt das. Der Traum, den sie trotz allem tief in ihrem Herzen getragen hatte, dessen Verwirklichung beinahe in Reichweite gerückt wäre, dieser Traum war hier. Und doch war sie zur selben Zeit nie weiter von ihm entfernt gewesen.

Sie presste die Lider zusammen, und eine einzelne Träne lief ihr über die Wange. Das hier war ihre Strafe dafür, dass sie ein so grässliches und grausames Geschöpf gewesen war. Eine Frau, die ihre Halbschwester verpetzte, ein weiteres Opfer der Herzlosigkeit des Herzogs. Eine weitere Träne folgte der ersten, und dann waren es ganz viele.

»Ach, süße Cara«, flüsterte Will an ihrem Ohr. Er strich mit seinen Lippen über ihre Schläfe.

Sie weinte, weil er acht Jahre lang versucht hatte, ihre Existenz zu vergessen, so wie alle anderen auch. Sie weinte, weil er mehr verdiente als Lady Clarisse Falcot zur Ehefrau. »Du musst mit ihr« – *mir* – »brechen.« Sie räusperte sich. »Du musst zu deinem Vater.« Dem Duke of Billingsley, der lächelte und lachte und dem sie aus dem Weg gegangen war, wann immer er zu Besuch gekommen war, weil sie nicht wusste, was sie mit einem so menschlichen Herzog anfangen sollte.

Eine weitere Träne fiel, und sie wischte sie verärgert fort. »Denn die Frau, die du nach dem Willen deines Vaters heiraten sollst, Will … Sie verdient dich nicht.« Er sollte eine Frau haben, die fähig war zu Unbeschwertheit, Lachen und Güte. Sie war nie diese Frau gewesen, und selbst der junge Mann, der er mit achtzehn gewesen war, hatte das erkannt und klugerweise die Flucht ergriffen.

»Cara«, begann er leise.

Mit Fingern, die vor Kälte wie betäubt waren, tastete sie nach der Tasche, die auf der Innenseite ihres Umhangs eingenäht war. Sie zog den Herzanhänger mit dem tiefroten Rubin hervor und starrte ihn an. Jahrelang hatte dieses letzte Geschenk ihrer Mutter für sie Liebe und Glück repräsentiert. Sie schluckte trocken.

»Ich möchte, dass du das hier hast«, sagte sie und drückte ihm das Herz in die Hand. Sie wollte, dass er es bekam und sich an die Frau erinnerte, die er hier getroffen hatte und die imstande gewesen war, etwas zu fühlen.

»Das kann ich nicht«, widersprach er beinah barsch. Er wollte es ihr zurückgeben, aber sie hielt die Hände hoch.

»Ich möchte, dass du es nimmst, Will. Und ich möchte, dass du dich daran erinnerst, wie wichtig es für dich war, eine Frau zu finden, die du liebst und die dir so viel bedeutet. Eine Frau, die nicht grausam ist.« Ihre Stimme brach, und sie schämte sich für das leichte Stocken, wollte mit diesem Austausch fertig sein, sodass sie in die Kutsche steigen und in das elende Dasein zurückkehren konnte, das sie verdiente.

Will schaute sie durchdringend mit seinen blauen Augen an. »Ich werde zu dir zurückkommen.«

Sie nickte. »Daran zweifle ich nicht.« Denn er war ein Ehrenmann.

Er streichelte ihr mit dem Daumen die Wange. »Weißt du, es ist mir aufgefallen, dass du, Liebste, mir immer noch nicht verraten hast, wer du bist.« Die Andeutung eines Lächelns spielte um seine Lippen. »Wie soll ich dich nur finden?«

Gar nicht. Oh, sicher, eines Tages würden sich ihre Wege kreuzen, und er würde erfahren, dass Lady Clarisse Falcot und Lady Cara ohne Nachnamen in Wahrheit ein und dieselbe Person waren. Aber dann wäre er hoffentlich schon längst verheiratet mit einer Frau, die zu Wärme fähig war. Sie knickte unter dem Schmerz dieser Erkenntnis beinah ein.

Ein schiefes Lächeln zog seinen rechten Mundwinkel hoch. »Da ich fest entschlossen bin, dich zu heiraten, erscheint es angemessen, dass ich deinen ganzen Namen erfahre.«

Ihr Herz zog sich bei seinem lausbubenhaften Gesichtsausdruck zusammen. Und mit dieser Miene erinnerte sie sich plötzlich an Will, wie sie ihn als sechsjähriges Mädchen gesehen hatte. Sie war von ihrem Vater dafür ausgeschimpft worden, dass sie die Ellbogen auf den Tisch gestützt hatte. Will hatte ihren Blick aufgefangen und ihr zugezwinkert. O Gott. Es war zu viel. Ihre Bauchmuskeln verkrampften sich.

Etwas von der Unbekümmertheit in Wills Augen verblasste. »Was ist?«, fragte er drängend.

Sie schüttelte den Kopf, nicht fähig, etwas zu erwidern. »I-ich ...«, *zerbreche innerlich*, »b-bin glücklich.« Sie hatte die Maske, die sie der Gesellschaft, ihren Lehrerinnen und ihrer Familie zeigte, über die Jahre perfektioniert – und nicht einer hatte je daran gezweifelt, dass sie echt war. Cara konnte auf jahrelange Erfahrung damit zurückgreifen, ihre Gefühle zu verbergen, und schenkte ihm ein fröhliches Lächeln.

Er küsste sie ganz leicht auf die Lippen. »Cara *mia*?«

Entschlossen, diese letzten Momente mit ihm zu genießen, schlang sie ihm die Arme um den Nacken. »Ich heiße Lady Cara T-Turner. Mein Vater ist der Earl of Derby. Ich bin auf der Reise zu seinen Besitzungen in L-Leeds.« Sie stotterte bei der Lüge. Und aus Angst, er könnte an ihren Augen ablesen, dass sie schwindelte, oder es aus ihren Worten heraushören, küsste sie ihn.

Will erstarrte, und sie stöhnte vor Sorge, er könne sich von ihr lösen. Denn dies war die letzte Kostprobe von Leidenschaft, die sie je erleben würde. Der Gedanke erfüllte sie mit Panik. Sie küsste ihn fest, und er teilte ihre Lippen mit seinen. Er erforschte sie mit seiner Zunge, begann mit ihrer den uralten Tanz, der sie als anständige junge Dame hoffnungslos hätte erschrecken müssen, doch stattdessen nur bewirkte, dass ihr überall ganz heiß wurde.

Will umfasste ihre Pobacken und zog sie näher. Sie stöhnte, wollte mehr von ihm. Wollte *alles* von ihm.

Das holte sie jäh in die Realität zurück. Ihre Brust hob und senkte sich unter ihren schnellen Atemzügen. Sie betrachtete sein geliebtes Gesicht, das energische Kinn, das leichte Grübchen in der rechten Wange. Er beobachtete sie durch die dichten Wimpern, die zu besitzen eigentlich kein Mann das Recht hatte. »Ich liebe dich, Will.« Und sie würde ihn für immer für die Geschenke, die er ihr gemacht hatte, lieben. Keins davon war greifbar, aber umso kostbarer waren sie wegen dem, was sie sie über sie selbst gelehrt hatten.

»Ich liebe dich, Cara.« Der Wind fuhr in die Äste über ihnen und sandte lautlose Schneeschauer auf die Verwehungen am Boden.

Wenn er diese Worte noch einmal sagt, bin ich verloren. Dann werde ich wieder das selbstsüchtige, ichbezogene Geschöpf, das ich immer gewesen bin.

»Cara, ich ...«

»Wir müssen zurück.« Unfähig, seinen durchdringenden Blick zu erwidern, schaute sie auf einen Punkt über seiner Schulter. »Meine Zofe wird mich schon vermissen.«

Will streckte eine Hand aus, fasste sie am Unterarm und hielt sie zurück. »Ich werde zu dir kommen«, erklärte er mit stiller Beharrlichkeit. In seinen klugen Augen las sie Sorge.

Ah, er hatte gemerkt, dass ihr Lächeln falsch war und die Heiterkeit gespielt, und dann hatte er den Schmerz darunter wahrgenommen, der langsam das von ihr verzehrte, was noch übrig war. Andererseits war er der einzige Mensch gewesen, der sie je wirklich angesehen hatte. Doch sein erstes Urteil war richtig gewesen. »Ich weiß.«

Wortlos traten sie den Rückweg zu dem schäbigen kleinen Wirtshaus an.

Und am Nachmittag, als Will die Weiterreise antrat, um das Versprechen zu brechen, dass er seinem Vater gegeben hatte, stieg Cara in ihre geborgte Kutsche und verließ den einzigen Ort, an dem sie jemals wirklich glücklich gewesen war.

Kapitel 12

William betrachtete die vertrauten Räumlichkeiten, Flure, über die er als Kind gerannt war, womit er seine Lehrer und Kindermädchen beinah wahnsinnig gemacht hatte. Zu Bögen gebundene immergrüne Zweige, verziert mit Stechpalmenbeeren und Äpfeln, hingen ringsum an den Wänden. Er legte eine Hand auf die Vordertasche seines Rockes. Die Zweige, die er heute Morgen mit Cara geschnitten hatte, befanden sich darin.

Mit jedem Schritt hinterließen seine schmutzigen Stiefel Nässe und Dreck auf dem saphirblauen Teppich. Der Butler seines Vaters, ein junger Mann mit ernster Miene, der irgendwann den alten, stets gut aufgelegten Halpert ersetzt hatte, warf ihm über die Schulter ein Stirnrunzeln zu. Er hätte sich mindestens umziehen sollen, bevor er durch dieses Haus gestürmt war, das er seit beinah acht Jahren nicht mehr betreten hatte, mehr ein Gast, der ab und an vorbeischaute. Dennoch hatte er nicht die Absicht, lange hier zu sein. Es gab jemanden, nach dem er sich mehr sehnte.

An der Tür zum Studierzimmer seines Vaters blieben sie stehen. Der Butler klopfte einmal an und öffnete die Tür dann. In näselndem Tonfall kündigte er William an: »Lord Grafton.«

Der Duke of Billingsley saß auf dem weichen Ledersofa am Kamin, seine Frau schmiegte sich an ihn, ein trauliches Bild, das dem widersprach, was man von den meisten Ehen in der guten Gesellschaft erwarten durfte. Seine Eltern starrten ihn verblüfft an, sahen aus, als hätten sie ein Gespenst erblickt.

»Mutter, Vater«, grüßte er sie und wischte sich die Hände an seinen Hosenbeinen ab.

Der Butler zog sich aus dem Zimmer zurück, und das Schließen der Tür riss Williams Eltern aus ihrer Erstarrung. Mit einem freudigen Ausruf sprang seine Mutter auf und durchquerte den Raum, tat das mit einer Eile, über die die gute Gesellschaft die Nase gerümpft hätte. Allerdings konnte eine Herzogin sich gewisse Freiheiten herausnehmen. »William«, stieß sie hervor und schloss ihn in die Arme, drückte ihn fest an sich.

Er erwiderte die Umarmung. »Mutter«, wiederholte er, und seine Stimme war belegt, weil unvermittelt Gefühle in ihm aufwallten. Zwar bereute er die Jahre nicht, die er auf Reisen verbracht hatte, aber es war erschreckend, zu sehen, wie die Zeit mit Siebenmeilenstiefeln davongeeilt war, wie stark seine Eltern gealtert waren.

Wie sehr sie ihm gefehlt hatten! Auch wenn seine Abwesenheit natürlich seine eigene Entscheidung gewesen war.

Dem auf dem Fuße folgte der Gedanke an Cara, daran, wie einsam sie seit dem Tod ihrer Mutter gewesen war, ohne jemanden, den sie lieben konnte – ohne dass sie sich dafür entschieden hatte.

»O William«, weinte seine Mutter an seiner Brust. Er rieb ihr tröstend über den Rücken.

Würde sie noch genauso für ihn empfinden, wenn er jetzt, nach acht Jahren auf Reisen, darum bat, von der Pflicht entbunden zu werden, ihre Patentochter zu heiraten? William versteifte sich, als die nagende Erinnerung an das, was er erbitten wollte, ihr Haupt hob. »Vater«, sagte er zögernd zu dem Bären von einem Mann, der ihn vom Kamin aus beobachtete.

Der Herzog stand mit hinter seinem Rücken verschränkten Händen da, einen unergründlichen Ausdruck in den Augen, die denen seines Sohnes so ähnlich waren. Entschlossen, es hinter sich zu bringen, sprach William weiter: »Es gibt da eine Angelegenheit, über die ich mit dir reden muss.«

»Was denn, William?« Mit der Einfühlsamkeit einer Mutter machte die Herzogin einen Schritt von ihm fort, dorthin, wo sein Vater wie festgewurzelt stand.

Er streckte eine Hand aus, aber sein Vater umschloss sie mit einer von seinen ebenso großen Händen und zog ihn an sich. »Mein Junge«, flüsterte er und presste ihn so fest an sich, dass William einen Moment lang keine Luft bekam.

Obwohl William in den letzten Jahren nur sehr sporadisch zu Besuch gekommen war, wenn er seine Reisen durch fremde Länder unterbrochen hatte, war die Heimkehr immer gleich gewesen – voller Freude über den Moment, voller Liebe, die seine Eltern ihm zeigten. Jetzt jedoch mischte sich Schmerz für Cara in diese Gefühle – zu Weihnachten vergessen, allein in einem Wirtshaus ohne Bruder oder Vater, die sich ihrer erinnerten. Seine Kehle schnürte sich zusammen, und er trat von seinem Vater weg.

Der zog die Brauen zusammen. »Was ist?«, fragte er brummig.

Seine Mutter schaute zwischen ihnen hin und her. Er hatte Stunden dafür gehabt, sich auf diese Diskussion vorzubereiten. Bei allem, was er sich durch den Kopf hatte gehen lassen, war ihm nichts angemessen erschienen für das, was er seinen Eltern beibringen musste. Da er aber noch nie jemand gewesen war, der Unvermeidliches unnötig in die Länge zog, atmete William tief ein. »Ich habe eine Frau kennengelernt«, sagte er und erwiderte den Blick seines Vaters.

Der runzelte die Stirn. »Eine Frau?«

Diese beiden Worte klangen so verblüfft, dass William genauso gut seine Absicht hätte verkündet haben können, sich auf ein geflügeltes Pferd zu schwingen und damit davonzufliegen. »Ich war wirklich entschlossen, mich meiner Verantwortung zu stellen und Lady Clarisse zu heiraten«, fuhr er leise fort.

Sein Vater zog verärgert die Brauen zusammen. »Und?« Das eine Wort hallte von den Wänden wider.

»Auf meiner Heimreise wurde ich ...« *Restlos eingenommen von einer lebhaften jungen Dame und konnte mich einfach nicht dazu durchringen, sie zu verlassen.*

Sein Vater warf ihm einen bohrenden Blick zu. »William?«

William räusperte sich. »Verzeihung«, entschuldigte er sich und beendete seinen angefangenen Satz: »Ich wurde vom Schnee aufgehalten und habe in einem alten Wirtshaus Zuflucht gesucht.«

War das erst drei Tage her? Das Glück, das er in diesen drei Tagen kennengelernt hatte, wog schwerer als jedes einzelne der acht Jahre, die er fort gewesen war. »Und während ich dort war, bin ich ihr begegnet.«

»Wem?« Sein Vater wirkte so verärgert, wie William es erwartet hatte.

»Ich verstehe nicht ganz, William.« Seine Mutter sprach so langsam wie jemand, der versuchte, ein Rätsel zu lösen.

»Ich hab eine junge Dame kennengelernt. Lady Cara Turner, die Tochter des Earl of Derby«, erklärte er ruhig und ignorierte die entgeisterte Miene seiner Mutter.

Ein Bild von Cara, wie sie sein Gesicht zwischen ihren zarten Händen gehalten hatte, erschien vor seinem geistigen Auge. Er griff in die Tasche seines Rockes und holte das Rubinherz hervor, das sie ihm gegeben hatte. Diese letzte Verbindung, die sie zu ihrer Mutter hatte, hatte sie ihm anvertraut. Er umklammerte das kostbare Geschenk.

»Und ich hab mich in sie verliebt.« Er erwiderte den Blick seines Vaters. »Ich hatte wirklich vor, mein Versprechen dir gegenüber zu halten, nur geht das nicht mehr. Ich kann Lady Clarisse nicht heiraten.«

Auf dieses Geständnis folgte Schweigen. William wappnete sich für die Wut seines Vaters, doch es war seine Mutter, die die Stille brach und die Worte aufhielt, die ihrem Ehemann schon auf den Lippen lagen. »Sagtest du, die Tochter des Earl of Derby? Also Lady Nora?«

Er schüttelte den Kopf. »Lady Cara.«

Seine Mutter bedachte ihn mit einem milden Ausdruck in den Augen. »Aber William, die einzige Tochter des Earls ist Lady Nora.«

William musste seine Mutter falsch verstanden haben. Ein Summen füllte seine Ohren, und er schüttelte den Kopf, wie um ihn zu klären. »Du irrst dich.« Seine Worte klangen, als würden sie über einen langen Flur zu ihm dringen.

Sein Vater verschränkte die Arme vor seiner breiten Brust und schnaubte. »Deine Mutter irrt sich nicht bei irgendwelchen Angelegenheiten in Bezug auf die gute Gesellschaft.«

Sie nickte bestätigend. »Da hat er recht. Bei solchen Sachen irre ich mich nie.«

William versuchte sich einen Reim auf ihre verwirrenden Worte zu machen. Warum sollte Cara ihn wegen ihrer Identität anlügen? Alle Luft wich zischend aus seinen Lungen. Und wie zur Hölle sollte er sie finden, wenn sie ihm einen falschen Namen genannt hatte?

Er schüttelte erneut den Kopf, vertrieb die Sorgen, die seine Mutter geweckt hatte. »Aber hierin irrst du dich«, entgegnete er. Cara hätte ihn nicht getäuscht. Sein Innerstes krampfte sich schmerzlich zusammen. Warum sollte sie das tun? Es ergab keinen Sinn.

»Nein, bestimmt nicht.« Seine Mutter krauste die Nase. »Wenigstens nicht in dem Punkt, dass der Earl nur eine Tochter namens Nora hat, und keine mit dem Namen Cara.«

»Bist du dir ganz sicher?«, wollte er wissen.

Die Herzogin nickte.

William rieb sich mit einer Hand übers Gesicht und begann, auf und ab zu laufen. »Ist dies ein Trick, um mich dazu zu bringen, meine Absicht, sie zu heiraten, aufzugeben?«

Diese Frage entlockte seinen Eltern ein entsetztes Keuchen. »William«, schalt ihn seine Mutter.

Er beschleunigte seine Schritte. Nichts anderes ergab Sinn. Warum sollte Cara ihm einen falschen Namen genannt haben? Warum …? Abrupt blieb er stehen und starrte auf das Rubinherz in seiner Hand. Schmerz erfasste ihn. Er schüttelte den Kopf. »Sie würde nicht lügen.« Sie hätte ihm dieses Geschenk nicht gegeben und ihn nicht fortreiten lassen, wenn sie gewusst hätte, dass sie einander nie wiedersehen würden. William schloss die Augen und versuchte sich einen Reim auf das zu machen, was seine Mutter gerade sagte.

»Wie kommst du eigentlich an Clarisse' Anhänger?«

Bei der leisen Frage seiner Mutter riss er die Augen auf. Er starrte irritiert auf den Anhänger, während seine Mutter näher trat. Sie senkte den Kopf über das Schmuckstück in seiner Hand, und er schloss seine Finger darum. Dieses Geschenk von Cara zu teilen schien ihm … Dann aber drangen die Worte seiner Mutter zu ihm durch. »Was?« Er öffnete die Hand wieder. »Das hier ist Caras.« Nein! Das war unmöglich.

»Nein«, entgegnete seine Mutter sanft und nahm ihm den Anhänger aus den Fingern. Sie betrachtete ihn von allen Seiten. »Dieses Schmuckstück hier gehörte Cynthia.« Ihrer besten Freundin, die gestorben war … Williams Gedanken kamen zu einem abrupten Stopp. O Gott, das konnte nicht sein. Seine Mutter verzog die Lippen auf eine Weise, wie er es von ihr nicht kannte, und in ihren Augen stand ein Hass, den er ihr gar nicht zugetraut hätte. »Ihr Ehemann hat ihr verboten, irgendetwas anderes als …«

»Etwas anderes als Diamanten zu tragen«, beendete er den Satz wie in Trance.

Sie nickte langsam. »Ja, ja, stimmt. Woher weißt du …?« Die Augen seiner Mutter wurden groß. »Sie ist es. Sie ist deine Cara.«

Cara *mia*.

»Ich verstehe das nicht«, dröhnte die Stimme seines Vaters.

Er selbst auch nicht. Williams Gedanken überschlugen sich. Die Frau, vor der er jahrelang weggelaufen war, war jetzt die einzige, die er wollte und brauchte. Sie war kaltherzig und grausam zu ihren Bediensteten und ohne jegliches Gefühl … *Und ich habe die letzten acht Jahre damit verbracht, mich vor meiner Pflicht zu drücken, um nicht tun zu müssen, was von mir erwartet wurde.* Eine vage Übelkeit breitete sich in ihm aus, während er im Geiste jedes Wort durchging, das er zu ihr gesagt hatte.

Begreifst du nicht, dass ich diese Frau bin …

Galle stieg ihm die Kehle hoch, bis er dachte, er müsse sich übergeben. Sie hatte ihm mit jedem ihrer Worte ihre Identität verraten, aber er war so eingenommen gewesen von uralten Vorurteilen wegen des Versprechens, das er seinem Vater gegeben hatte, dass er nicht imstande gewesen war, zu erkennen, was sich genau vor seiner Nase befand.

Er schluckte trocken. »Was für ein verdammter Narr ich gewesen bin«, flüsterte er. Indem sie ihn fortgeschickt hatte, hatte sie ihm die Freiheit gegeben. Er schloss die Augen. Wie konnte sie nicht wissen, dass er nur dann frei war, wenn sie zu seinem Leben gehörte? Und er hatte sie verlassen. Alleingelassen in diesem alten Gasthof.

»Wo ist sie?«, erkundigte sich seine Mutter mit dem gleichen Unbehagen, das ihn erfüllte.

Er versuchte, seine wirren Gedanken zu ordnen. Wohin würde sie sich wenden? Zu dem elenden Bastard, der ihr Vater war? Dessen einziges Verdienst war, ihr das Leben geschenkt zu haben? Dann dämmerte ihm die Antwort. Er fuhr herum und marschierte zur Tür.

»William«, rief ihm sein Vater hinterher. »Wohin gehst du?«

Er schob das Kinn vor. »Meine Verlobte holen.« Und wenn er das getan hatte, dazu war er entschlossen, würde er den Rest seines Lebens der Aufgabe widmen, ihre Tage mit Glück und Freude zu füllen, Wiedergutmachung zu üben dafür, dass er so ein Dummkopf gewesen war.

Kapitel 13

Es waren in der Tat traurige Zeiten, wenn eine junge Dame sich freiwillig dafür entschied, die Weihnachtstage in Mrs Beldens schrecklichem Pensionat zu verbringen.

In ihrem züchtigen Vormittagskleid aus elfenbeinfarbener Seide lag Cara auf der Seite, und ihr Atem bildete eine weiße Wolke vor ihrem Mund. Wieder starrte sie auf Wände, allerdings völlig andere als die dünnen, weiß gekalkten Wände im Fox & Hare Inn. Dieser Raum war beinah steril, aber perfekt. Es gab keine Wasserflecken an der Decke und keine Zugluft an den Ritzen ums Fenster.

Sie drehte sich auf den Rücken und legte sich einen Arm über die Stirn. Ein trauriges Lächeln spielte um ihre Lippen. Sie hätte alles, was ihr Vater besaß, frohen Herzens für dieses einfache Wirtshaus gegeben. Denn darin hatte es mehr Schönheit und Glück gegeben als in all den eleganten Herrschaftshäusern, die sie in den vergangenen achtzehn Jahren ihr Zuhause genannt hatte.

In einer verdrehten Ironie des Schicksals hätte sie beinahe alles Glück gefunden, von dem sie eigentlich immer gedacht hatte, sie verdiene es gar nicht – und das sie eigentlich auch nie für möglich gehalten hatte. Sie schluckte trocken. Will war ihr William. Genau der Mann, den sie all die Jahre lang dafür verachtet hatte, dass er ein zukünftiger Herzog war und der gefühlskalte Adelige, mit dem ihr Vater sie verheiraten wollte.

Sie biss sich fest auf die Unterlippe. Er war nie irgendwas von dem gewesen, was sie ihm stillschweigend zugeschrieben hatte, wohingegen sie selbst … sie selbst war genau die grausame, kalte und berechnende Person gewesen, für die er sie gehalten hatte. Und dafür hatte sie ihm die Freiheit geschenkt.

Ein Schluchzer entschlüpfte ihr. Sie rollte sich auf die Seite und schlang die Arme fest um sich. Ihre Haut brannte immer noch von dem Gefühl eines anderen Paars Arme, die sich um sie schlossen. Weil sie nun einmal selbstsüchtig war, wünschte sie sich mehr von ihm. Wollte ihn ganz. Sie fuhr sich mit einer Hand übers Gesicht. »Es reicht«, flüsterte sie.

Cara richtete sich auf und schwang die Beine über die Bettkante. Die Matratze ächzte unter der leichten Gewichtsverlagerung. Sonnenschein fiel durch die aufgezogenen Vorhänge, und sie musste die Augen zusammenkneifen, um nicht geblendet zu werden. Unwillkürlich dachte sie an einen anderen sonnigen Tag in einem kleinen Wäldchen zurück. Trotz des Schmerzes über seinen Verlust schlug ihr Herz bei der Erinnerung an die flüchtige Freude, die sie mit ihm empfunden hatte, beglückt.

Es klopfte an der Tür. »Mylady?« Alisons fröhliche Stimme ertönte auf der anderen Seite.

Cara warf einen Blick über ihre Schulter, und ihre Lippen verzogen sich zu einem trockenen Lächeln. Ach, jetzt also. Eine Woche zu spät. Oder vielleicht auch gerade rechtzeitig. Wäre die Kutsche ihres Vaters wie erwartet eingetroffen, wäre sie zu seinem kalten und einsamen Anwesen gereist. Sie wäre immer noch dasselbe oberflächliche, selbstsüchtige Geschöpf, das die Gefühle und Gedanken anderer ausschloss, um sich selbst zu schützen. Sie legte die Hände aufs Bett. Vielleicht war dies das eine Geschenk, das ihr Vater ihr je gemacht hatte.

Ein weiteres Klopfen. »Mylady? Sie sind nach unten gebeten worden.«

Natürlich, das war überfällig. Ihr Vater hatte sich daran erinnert, dass er irgendwo eine Tochter hatte, die er brauchte. Hatte er etwa erfahren, dass die lang zurückliegende Vereinbarung zwischen ihm und dem Duke of Billingsley über die Heirat ihrer Kinder aufgekündigt worden war? Sie empfand keinen Triumph darüber, die Wünsche ihres Vaters vereitelt zu haben, wenn der Preis dafür ihr gebrochenes Herz war.

»Mylady?« Alisons sonstige Unbekümmertheit war leiser Sorge gewichen.

Mit einem Seufzen stand sie auf. »Einen Moment bitte, Alison.« Sie durchquerte das Zimmer, blieb neben der Frisierkommode stehen und sah in den Spiegel. Ein unglückliches Geschöpf mit rot geweinten Augen und blassen Wangen schaute sie daraus an.

Cara versuchte, etwas Farbe in ihr Gesicht zurückzuholen, indem sie sich kniff. Ihre Augen blieben rot umrandet, eine Folge der vielen Tränen, die sie vergossen hatte. Sie gab ihre vergeblichen Versuche auf, die kühle, unbeeindruckte Dame zu sein, die sie gewesen war, bevor sie William getroffen hatte, und begab sich zur Tür, zog sie auf.

Alison lächelte. »Sie sind …« Ihre Freude verblasste, als sie Caras Gesicht betrachtete. Ihr Blick blieb an ihren Wangen hängen. »Sie sind gebeten worden, in den grünen Salon zu kommen, Mylady.«

Also war sie ihrem Vater tatsächlich wieder eingefallen.

»Danke«, antwortete sie. Nur dass das Aufflackern von Schock in Alisons Miene einzig dazu diente, Cara an einen Adeligen zu erinnern, der zu allen freundlich war, gleichgültig, welchen Stand oder welches Los sie hatten. Ein Mann, der sich so sehr von ihrem eigenen Vater unterschied – und von ihr.

Sie wandte den Kopf ab, damit ihre Zofe die neuen Tränen nicht sehen konnte, die ihr unwillkürlich in die Augen stiegen. »Alison, kümmerst du dich bitte darum, dass alles für meine Abreise vorbereitet ist?« Ein weiteres Mal.

Das Mädchen nickte und eilte in den Raum.

Cara ging den Flur entlang, und ihre Schritte hallten von den Korridorwänden wider. Wie sehr dieser Tag dem vor einer Woche ähnelte. Bloß dass jetzt kein Lachen aus den Zimmern anderer Schülerinnen klang, und kein aufgeregtes Schwätzen von jungen Mädchen, die aufgeregt waren, weil sie bald zu Weihnachten heimfahren durften. Sie selbst war so herablassend zu ihren Mitschülerinnen gewesen, hatte sich über ihr Glück lustig gemacht, ihre Liebe zu solch nichtigen Dingen. Sie verzog das Gesicht. Wie schrecklich sie gewesen war. Cara blieb vor dem grünen Salon stehen und lehnte sich mit dem Rücken gegen die Wand.

Du verdienst mehr ... Du verdienst es, zu lieben und geliebt zu werden. Du verdienst es, zu lachen und zu wissen, dass man sich für seine Gefühle nicht schämen muss ...

Sie biss sich auf die Lippe, während verzweifelte Angst ihr die Brust zuschnürte. Wenn die wärmende Erinnerung an William erst einmal verblasst war und sie heimkehrte, wäre es unvermeidbar, dass ihr Vater eine andere Verbindung für sie arrangierte, mit jemandem, der seine Billigung fand. Cara starrte verärgert auf die gegenüberliegende Wand und ballte die Hände zu Fäusten. Sie wollte nicht zulassen, dass Kränkung und Abneigung sie wieder in das gefühlskalte, hassenswerte Geschöpf verwandelten, das sie gewesen war. »Ich werde nie wieder so werden«, sagte sie sich halblaut.

Nein. Sie würde nicht als Figur auf dem Schachbrett der Macht ihres Vaters enden. Sie würde niemanden heiraten, bloß weil ihr verachteter Vater die Verbindung arrangiert hatte.

Eine tiefe Befriedigung erfasste sie. Seit dem Tod ihrer Mutter war sie von den besten Lehrerinnen im Königreich geschult und in die bloße Hülle eines menschlichen Wesens verwandelt worden. In ihrer Unwissenheit hatte sie die Kontrolle anderen überlassen, war zu der Zeit ja auch selbst noch ein Kind gewesen.

Ein langsames, triumphierendes Lächeln, das ihren Vater entsetzt hätte, hätte er es gesehen, erschien auf ihren Lippen. Zu lange hatte sie ihr Glück anderen überlassen. William hatte ihr gezeigt, dass es keine Schande war, wenn man Gefühle zuließ. Sie würde ihn zwar niemals besitzen, aber dafür die Kontrolle über ihr eigenes Leben.

Sie straffte die Schultern, machte einen Schritt und blieb dann stehen. Ein kleines Bund aus immergrünen Wacholderzweigen und Misteln hing über der Tür. Cara blinzelte. Das Herz klopfte ihr laut in den Ohren, als sie an ein anderes, ähnliches aus mehreren Zweigen dachte, und dann fühlte sich ihre Haut auf einmal ganz heiß an. Langsam senkte sie den Blick. Dann setzte das heftige Klopfen ihres Herzens plötzlich ganz aus.

Die Hände hinter dem Rücken verschränkt, stand William in der Mitte des Salons. Nur ... Cara legte den Kopf schief. Der elegant gekleidete Gentleman in dem mitternachtsblauen Rock und den Wildlederhosen hatte so gar nichts mit dem rauen Fremden in den groben Baumwollhosen und der einfachen Mütze gemein.

»Clarisse.« Seine tiefe Stimme spülte über sie hinweg wie die Wärme der Sonnenstrahlen im Sommer.

Sie schloss die Augen und ließ zu, dass der heisere Laut sie zärtlich liebkoste. Dann bemerkte sie, was genau er gesagt hatte, und sah ihn erschreckt an. Nicht Cara. Clarisse. Sie strich sich mit den Händen über die Röcke. »Du hast mich Clarisse genannt«, stellte sie fest und wich einen Schritt zurück. Natürlich war ihr klar gewesen, dass er letzten Endes die Identität der Frau aufdecken würde, mit der er sich vor dem Fox & Hare Inn eine Schneeballschlacht geliefert hatte. Sie hatte nur nicht damit gerechnet, dass es lediglich zwei Tage später sein würde. Sie wich weiter zurück.

William hob eine kastanienbraune Augenbraue. »Ist das nicht dein Name?«

»Doch.« Sie stieß mit dem Rücken gegen die Wand und war insgeheim dankbar, dass sie sich dagegenlehnen konnte, denn ihre Beine verweigerten ihr gerade ihren Dienst, so verwirrt war sie von Williams Anwesenheit hier.

Sie schaute sich im Zimmer um, fuhr sich mit der Zungenspitze über die Lippen. Mrs Belden würde niemals ein Treffen ohne Anstandsdame zwischen der Tochter eines Herzogs und einem unverheirateten Gentleman zulassen.

»Ich habe darauf verwiesen, dass wir verlobt sind«, erklärte er ruhig, erriet, was sie dachte. Er verschränkte die Arme vor sich. »Hast du geglaubt, du könntest aus dem Gasthof verschwinden und ich würde niemals dahinterkommen, wer die Frau in Wirklichkeit ist, die meine Welt komplett auf den Kopf gestellt hat?«

O Gott. Der Schmerz presste ihr das Herz ab. Was für ein Spiel spielte er da? »Wir sind nicht verlobt.« Sie verachtete die atemlose, schwache Erwiderung.

Aus schmalen Augen verfolgte er ihren Rückzug. »Aber wir waren es beinahe«, erwiderte er und quälte sie mit dieser leisen Erklärung. Mit langen, kraftvollen Schritten überwand er die Entfernung zwischen ihnen.

Cara blieb wie erstarrt stehen. Sie hatte sich beinahe ihr gesamtes Leben lang in sich zurückgezogen – vor Schmerz, vor Fremden und vor sich selbst. Sie legte die Hände hinter sich gegen die Wand, suchte Halt, da ihr die Knie nachzugeben drohten. »Wie hast du mich gefund...« Sie beendete die Frage nicht.

Er grinste amüsiert. »Wie ich herausgefunden habe, dass du dich als Lady Nora ausgegeben hast?«

Bei der Erinnerung an die Lüge verspürte sie Gewissensbisse. Selbst wenn es eine Täuschung gewesen war, die dem Zweck gedient hatte, ihm die Freiheit zu schenken, traf es sie in der Ehre. Cara gelang ein Nicken.

William griff in seine Tasche, und sie verfolgte seine langsamen Bewegungen, als er eine vertraute Halskette hervorzog. Ihre Kehle schnürte sich zusammen, als er den schimmernden Rubin hochhielt, von dem sie sich nie getrennt hatte – bis auf die letzten zwei Tage. Bis zu ihm.

»Stell dir mal den Schreck meiner Eltern vor, als ich mich vor ihnen aufgebaut und darum gebeten habe, von meinen Verpflichtungen Lady Clarisse Falcot gegenüber entbunden zu werden, weil ich mein Herz an eine andere Frau verloren habe.« Er schaute von der Halskette in seiner großen Hand zu ihr.

»Nur um dann von meiner Mutter gefragt zu werden, wie ich an die Halskette *deiner* Mutter komme. Ich wäre schon gestern hier gewesen, damit du nicht allein aufwachen musst.« Wieder einmal. »An diesem Weihnachtsmorgen.« Er ließ die Goldkette zwischen seinen Fingern baumeln, und das Rubinherz drehte sich hin und her, schimmerte und glänzte im Sonnenschein. »Aber ich musste erst die Kette reparieren lassen. Schließlich hast du sie schon zuvor verloren, Cara.« Er machte einen Schritt auf sie zu. »Ich will nicht, dass das noch ein zweites Mal passiert.«

Sie versuchte aus seinem Tonfall herauszuhören, was er fühlte. War er verärgert? Peinlich berührt? Seine Miene war unergründlich. »Warum bist du hier?«, wollte sie wissen.

Sie erstarrte, als er seine andere Hand hob und ganz langsam und sanft, beinahe hypnotisch, mit den Fingerknöcheln über ihr Kinn strich. »Warum sollte ich hier sein, wenn nicht deinetwegen, Clarisse?«

Gefühle schnürten ihr die Kehle zu. Warum tat er das? »Nenn mich nicht so.« Ihre Worte waren eine heisere Bitte. »Ich hasse diesen Namen.« Allein schon deswegen, weil er von ihrem Vater ausgesucht worden war.

William musterte ihr Gesicht, sein Blick blieb an ihrem hängen. Schmerz flammte kurz in den blauen Tiefen ihrer Augen auf, war dann jedoch rasch verschwunden. Sah er nicht die Spuren der Tränen, die sie seinetwegen vergossen hatte? Früher einmal hätte sie sich wegen dieser Schwäche geschämt. Aber nicht mehr. Und zwar seinetwegen. Er hatte sie gelehrt, dass man sich seiner Tränen und Verletzungen nicht schämen musste.

»Also gut«, begann er leise. »Cara.« Seine Benutzung ihres Namens – der Einzige seit ihrer Mutter, der ihn mit solcher Zärtlichkeit aussprach – riss alle Wunden in ihr auf. Er hatte keinen Zweifel daran gelassen, was er sich für seine Zukunft erhoffte, und diese Hoffnung hatte keine grausame, unfreundliche junge Dame eingeschlossen, die ihre Diener mit Verachtung behandelte und zu ihrer eigenen Halbschwester gehässig war.

»Warum hast du mir nichts gesagt?«, fragte er, und seine Stimme klang harscher, als sie es je bei ihm gehört hatte. Selbst am ersten Tag.

Voller Rastlosigkeit duckte sie sich unter seinem Arm durch und entfernte sich von ihm. »Was hätte ich deiner Meinung nach sagen sollen?«, stieß sie hervor. »Dass ich ebendie Frau bin, die du jahrelang gemieden hast?« Er zuckte wie im Schmerz zusammen. »Und das mit gutem Grund.« Auch wenn ihr Kinn zitterte, hob sie den Kopf. »Du hattest recht mit all deinen Vorurteilen mich betreffend, William.« Es gab wenig zu ihrer Verteidigung anzubringen.

»Ich habe mich geirrt.« Seine Stimme war rau. »Ich liebe dich.«

Ihr wurde so leicht ums Herz, wie sie es seit den gestohlenen Momenten in dem alten Gasthaus nicht mehr verspürt hatte, aber dann sank es und rutschte wieder an seinen Platz. »Du kennst mich doch gar nicht wirklich«, erwiderte sie leise und schüttelte leicht den Kopf. »Nicht nach nur drei Tagen. Das Mädchen, an das du dich erinnerst, das seine Dienstboten herumkommandiert hat und nicht in der Lage war zu Herzenswärme und Freundlichkeit, das ist der Mensch, der ich so lange war, und du verdienst viel mehr als das.«

Seine Verärgerung umgab ihn fast körperlich spürbar, als er zu ihr marschierte und sie an den Schultern fasste. Das Rubinherz, das er in der Hand hielt, schien sich durch den Stoff ihres Kleides zu brennen. »Wage nicht, mir zu sagen, was ich verdiene oder mir wünsche. Ich will *dich*, Cara.« Er lockerte seinen Griff und zog sie an sich. »Ich liebe dich.« Seine Worte enthielten eine Kraft und Entschlossenheit, wie sie besser zu einem Eroberer von früher gepasst hätte.

Cara wand sich aus seinem Griff. »Weißt du, was für ein Mensch ich bin?«, rief sie.

Er schloss die Augen, forderte sie stumm auf, weiterzusprechen.

Sie wich mehrere Schritte zurück, brachte einen gewissen Abstand zwischen sie beide. »Ich … Ich bin jemand, der seine eigene Halbschwester angeschwärzt hat, sodass sie entlassen wurde, weil ihre Anwesenheit mich ständig an meinen schrecklichen Vater erinnert hat und seine Unfähigkeit, mich zu lieben.«

Er erstarrte, und als der Feigling, der sie war, richtete Cara ihren Blick auf das fröhlich flackernde Feuer im Kamin in der Ecke des Zimmers, war nicht fähig, sich dem Beweis seines Abscheus zu stellen. »Ich habe keine Freundinnen, weil ich so unfreundlich und kaltherzig bin.« Genau, wie er es gesagt hatte. Tränen ließen ihr die Sicht verschwimmen, und sie blinzelte sie fort.

Große Hände legten sich auf ihre Schultern, erschreckten sie, denn sie hatte ihn gar nicht näher kommen gehört. Dann spürte sie das vertraute Gewicht der Goldkette um ihren Hals, und Wärme breitete sich in ihr aus unter der Freude, sie wieder zu spüren. Mit bebenden Fingern tastete sie nach dem Anhänger ihrer Mutter.

William drehte sie um, sodass sie ihn ansehen musste. »Du bist nicht länger diese Frau.«

Ihre Seele klammerte sich an diesen Funken Hoffnung, dass er recht hatte. Eine verlockende Möglichkeit, die sie von den Ketten des grässlichen Geschöpfes befreien würde, das sie elf Jahre lang gewesen war. »Aber was, wenn doch?«, flüsterte sie. Was, wenn die Boshaftigkeit ihr im Blut lag und nicht für immer vergraben bleiben konnte, weil sie einfach ein unauslöschlicher Teil ihres Wesens war?

»O Cara, allein die Tatsache, dass du dir deswegen solche Sorgen machst, bedeutet, dass du *nicht* diese Frau bist.« William hob ihre Hände, küsste erst die eine, dann die andere. »Du hast für die Welt eine so perfekte Fassade einer Eisprinzessin erschaffen, dass du sogar selbst daran geglaubt hast. Bloß dass ich dich durchschaut und die Frau erkannt habe, die wie ein Engel lächeln kann und fluchen wie ein Fuhrmann.« Ihre Lippen zuckten. »Und die sich gewünscht hat, gut und freundlich zu sein und selber Güte und Freundlichkeit zu erfahren.« Er strich mit seinen Lippen ganz zart über ihre. »Heirate mich.«

Einen Moment lang glaubte sie, die geflüsterte Bitte sei Teil des Traums, den sie vom Fox & Hare Inn in sich trug, der in ihren Gedanken nachhallte. Sie versuchte tief einzuatmen, um etwas zu sagen, doch nichts geschah. Cara schüttelte den Kopf.

Er grinste, das unwiderstehliche kleine Lächeln, bei dem in seiner Wange ein Grübchen erschien und das ihm ein so lausbubenhaftes Aussehen verlieh. »Ach nein?«

»Ich ...« *Bin das nicht.* Die junge Dame, die ihr Vater und die gute Gesellschaft jahrelang geformt hatten, war eine leere Hülle der Frau gewesen, die sie in Wahrheit war, und mehr noch, der Frau, die sie gerade zu sein lernte. Sie lächelte William sanft an. »Das ist ein Ja.« Eine einzelne Träne bildete sich unter ihren Wimpern und lief ihr über die Wange.

Williams Lächeln wurde breiter, dann senkte er den Mund auf ihren und küsste sie.

Cara erwiderte seinen Kuss, und zum ersten Mal seit elf Jahren erfuhr sie Liebe.

Epilog

London, England, Januar 1818

Auf der stillen Londoner Straße wartete die Kutsche vor dem eleganten Stadthaus. Dort stand sie nun schon ... nun, Cara wusste nicht, wie lange, aber jedenfalls eine ganze Weile. Nicht, dass es wichtig war, wie viel Zeit vergangen war. Es gab Bedeutsameres, um das sie sich kümmern mussten. Sie zog den Vorhang ganz leicht zurück und spähte zum Fenster hinaus, dann schluckte sie und ließ ihn wieder fallen.

»Du weißt schon, dass wir hier nun fast schon eine Viertelstunde stehen, Liebste?«

»Hm?« Sie richtete ihre Aufmerksamkeit auf ihren Ehemann, der neben ihr in der Kutsche saß. Was sagte er da? Sie versuchte ihre wirren Gedanken zu ordnen.

Cara schluckte schwer und wagte einen weiteren Blick hinaus auf das Stadthaus des Marquis of Waverly. Angst regte sich in ihr. Denn es geschah nicht jeden Tag, dass eine junge Dame sich vornahm, Wiedergutmachung zu leisten bei der Halbschwester, der sie solches Unrecht zugefügt hatte. »Sie hasst mich.«

William legte seine Hand über ihre, und sie bezog Kraft aus der Geste. »Vielleicht«, erwiderte er mit der unumwundenen

Aufrichtigkeit, die sie so an ihm liebte. »Doch du wirst dich selbst mehr hassen, wenn du es nicht wenigstens versuchst.«

Cara nahm ihre Unterlippe zwischen die Zähne und starrte auf den roten Samtvorhang vor dem Kutschenfenster. Ja, ihr Ehemann hatte recht. Wenn sie sich jetzt nicht mit ihrer Schwester traf und sie um Verzeihung bat, würde sie es sich selbst nie verzeihen können, aber trotzdem ... Hier ging es um so viel mehr als nur darum, ihr eigenes Gewissen zu erleichtern.

Es ging um zwei Schwestern, die durch ihre unglückseligen Erfahrungen als Töchter des Duke of Ravenscourt geformt worden waren, eine Verbindung, die wahrscheinlich niemand außer ebendiesen beiden Kindern begreifen konnte. Das junge Mädchen, das sie zu der Zeit gewesen war, hätte bei der bloßen Vorstellung davon, Vergebung von einer Frau zu erbitten, die aufgrund ihrer Bemühungen ihre Stellung verloren hatte, höhnisch das Gesicht verzogen.

Doch William hatte recht. Sie hatte sich geändert. Durch ihn. Durch die Zeit mit ihm im Fox & Hare Inn. Und mehr noch, wegen der Liebe, die mit ihm in ihr Leben gekommen war.

Sich bewusst, dass die Augen ihres Ehemannes auf sie gerichtet waren, nickte sie leicht und atmete dann tief ein. »Es ist Zeit«, sagte sie leise.

Er klopfte rasch an den Kutschenschlag, und der davorstehende Lakai öffnete ihn.

Ihr Ehemann stieg aus und hielt ihr eine Hand hin, um ihr behilflich zu sein. Caras Blick wanderte an der Fassade des Stadthauses empor, und ein ungutes Gefühl regte sich in ihr. *Was, wenn sie mich gar nicht sehen will?* Denn schließlich, warum sollte sie das wollen? All die Zweifel und Unsicherheiten meldeten sich erneut zu Wort. Der Wind zerrte an ihrem Umhang. Sie berührte den Anhänger an der Kette um ihren Hals wie einen Talisman. »Ich bin bereit.«

William nahm ihre Hand und drückte sie beruhigend. Sie erreichten die Eingangstür des Stadthauses, und als ob er Angst hätte, sie könnte ihre Meinung ändern, betätigte William schnell den Türklopfer.

»Was, wenn sie mich nicht sehen will?«, entschlüpfte ihr die Frage, die ihr auf der Seele brannte, gefolgt von weiteren, die sie einfach nicht zurückhalten konnte. »Was, wenn sie nur Hass und Verachtung für mich übrig hat? Was, wenn sie mir mitteilt, dass sie niemals wieder ein Wort mit mir wechseln will?«

»Dann wirst du immerhin wissen, woran du bist.« Er drückte ihr erneut die Hand. »Ich bin hier, Cara *mia*. Du bist nicht allein.«

Unter der Gewissheit seiner Liebe löste sich ihre Angst auf, und sie nickte. Sie atmete langsam aus, und ihr Unbehagen verblasste. »Ich bin bereit«, sagte sie leise. »Solange du an meiner Seite bist.«

William hob ihre Hand an seine Lippen. »Immer«, gelobte er. »Ich werde immer bei dir sein.«

Cara lächelte zu ihm empor.

Zum ersten Mal in ihrem Leben war sie nicht allein.